穢された聖域

最強の騎士に転生したはずが暴君に陵辱されています

愁堂れな

RB
幻冬舎ルチル文庫

CONTENTS ✦目次✦

穢された聖域 最強の騎士に転生したはずが暴君に陵辱されています

✦カバーデザイン＝chiaki-k（コガモデザイン）
✦ブックデザイン＝まるか工房

イラスト・サマミヤアカザ✦

穢された聖域　最強の騎士に転生したはずが暴君に陵辱されています

プロローグ

運命を掌《つかさど》る女神は悩んでいた。あまりに悲劇的な死を迎えた乙女に心を痛め、こっそりと時間を巻き戻して彼女の人生を幼い頃からやり直させたのだが、うまくいかなかったのだ。

乙女には前世の記憶を残した。記憶があれば同じ轍《てつ》は踏むまい。乙女は心が清らかすぎるがゆえに人を疑うことをせず、悪意を持つ周囲の人間に騙《だま》されたせいで、愛する人と結ばれることなく不幸な死に方をした。

誰が悪人であるかは、覚えているだろう。乙女の愛する人もまた、乙女を愛していた。今度こそ、乙女は愛する人と幸せな人生を歩むことができると女神は確信したのだが、乙女の二度目の人生はより不幸なものとなり、結局は非業の死を遂げてしまった。死に様も前世以上に残酷で、彼女が愛する者の手にかかって死んだのだった。

なぜそんなことが起こってしまったのか、女神は深く考えた。結果、乙女だけが前世の記憶を持っていたことが不幸の始まりとわかった。乙女は前世の記憶を厭《いと》うた。自分の心が穢《けが》れているから、人を悪者のようにとらえるのだと、そう思い込んでしまったのだった。記憶から目を背け続けた乙女は前世と同じ過ちを繰り返した。乙女にとって不幸が重なったのは、前世の記憶から目を背けるあまり、記憶にある彼女の味方と距離を置き、かつてはさまざまな経緯で構築できていた人間関係を築くことができなかったことだった。彼女を庇《かば》う者は誰もおらず、救いの手もどこからも伸ばされなかった結果、酷《むご》い死に方をしたのだ。

再び女神は時を巻き戻そうとした。が、そのあとどのようにすれば乙女に幸福をもたらすことができるのか、わからなくなってしまった。乙女の魂を手元に呼び寄せ、傷ついた心を癒してやりながら女神は乙女を幸せな世界に導く術について悩み抜き、ようやく一つの方法を思いついた。

試行錯誤。

他で試してみるしかない。とはいえ『錯誤』を繰り返し、不幸な人間を増やすことはできないので、百年に一度、本来であれば死ぬはずのなかった人間を救うことにしよう。今日がちょうど百年目になるという日に、地上を見下ろす女神の瞳が、ある若者の死をとらえる。

彼にしよう。予行演習として選ぶのは、

勿論《もちろん》、あの若者にも幸福をもたらすつもりではある。そのためにはどうしたらいいだろう。

女神は考え、ある方策を思いつく。

今度こそ正しき選択をしてみせる。決意も新たに女神は冥界に向かおうとしている魂を、その美しい腕で己のもとへと呼び寄せたのだった。

1

清水龍一《しみずりゅういち》は、本当についてない男だった。

『龍二』と名前は威勢がいいのに、人見知りが激しく気弱な性格をしている。己の考えを主張できないために、理不尽な目に遭うこともままあったが、それを超えて彼の人生は本当に運から見放されていた。雨の日は必ずといっていいほど、車道を走る車に泥水を浴びせられたし、学食では彼のすぐ前で食べたいメニューが売り切れとなることがよくあった。

自分でも運がないことは充分自覚していたが、まさかヤクザの抗争に巻き込まれた挙げ句、流れ弾に当たって死ぬほどについていなかったとは、さすがに彼も思っていなかったに違いない。

買い逃していた店舗特典付き『円盤』が、歌舞伎町のコンビニにならあるという情報をインターネットで拾った龍一は、珍しくついていると、浮き立つ気持ちで、滅多に行くことのない新宿に向かった。歌舞伎町の路地を一本入ったところにあるコンビニを目指していた彼の視線の先、たった今、すぐ横を追い越していった黒塗りの車が停まり、運転席から見るからにチンピラといった風体の若い男が降りてきた。後部シートに走ったチンピラが恭《うやうや》しげにドアを開くと、そこからりゅうとした一人の男が降り立つ。高級そうなスーツに身を包んでいる彼はチンピラには見えない。そしてサラリーマンにも見えない。ヤクザの幹部というやつかと思いつつ龍一はかかわりあいになるのを恐れ、道を引き返そうとした。

龍一の視界の隅を、高級スーツの男が過《よぎ》る。彼は運転手のチンピラと共に、綺麗《きれい》なビルに入ろうとしていた。と、後方から物凄《ものすご》いスピードで数台の車が走ってきたものだから、その勢いに驚いて龍一は足を止めてしまった。急ブレーキをかけて車が停まり、開いていた窓から一斉に腕が伸びる。

「えっ」

どの腕にも拳銃が握られていると察するより前に銃声が轟《とどろ》いた。轟音《ごうおん》といってもいい大きさで、龍一の耳は聞こえなくなった。そのせいもあって、彼は今、目の前で起こっていることをとても現実とは思えずにいた。

先程の高級スーツの幹部は既にビルの前で倒れている。どうやら撃たれたらしい。ビルから飛び出してきた大勢のチンピラたちの、

「若頭！」

「神代《じんだい》さん！」

と倒れた男に呼び掛ける声が響く中、銃撃した車が物凄い勢いでバックしてくる。

「てめえらっ」

「待てや、ごらぁ！」

驚愕《きょうがく》のあまりその場に立ち尽くしていた龍一は、ここで我に返った。なぜ後ろに、と疑問に思うのと、一方通行だからかと気づいたのはほぼ同時で、拳銃で人殺しをするようなヤクザも交通標識は守るのかと感心する——ような余裕はなかった。

ビル前のチンピラたちが車に向かって発射した銃弾が、龍一の身体《からだ》にも浴びせられたのである。避《よ》ける間もなく、銃弾は龍一の胸を、腹を貫通した。

ああ、やっぱりついていない——薄れゆく意識の中、そう呟《つぶや》いたのを最後に、実に運のない龍一の人生は終わりを迎えたのだった。

そして——。

「……あれ？」

当然ながら龍一はそれまで死んだことがなかったので、死後も思考力が働くとは知らなかった。よく、死ぬ直前には人生が走馬灯のように蘇《よみがえ》るといわれるが、もう自分は死んでいるはずである。

魂になっていると、そういうことなんだろうか。自分はこれから天国に行くのか。それとも地獄？　地獄に行くほど悪いことはしてこなかったつもりだが、安定の運の悪さで気づいたら地獄行きが決まっていたなんてことも充分考えられる。

それにしても、まさかヤクザの抗争に巻き込まれて死ぬなんて。親もびっくりしているに違いない。なぜ歌舞伎町にいたか、知ったら情けなく思うだろうから、できれば知らずにいてほしい。『円盤』を買う前でよかった。店舗特典のポスターは少しだけ露出がきわどい水着姿の推しキャラだった。これほしさに死んだのかと世間の人に思われたら、さすがに親も気の毒だ。自分的には、己の趣味に恥じるところはないのだが——。

『——さん。清水龍一さん』

思考の世界にはまり込んでいた龍一は、呼び掛ける声にようやく気づいた。

「は、はい！」

振り返ろうとして自身に実体がないことにもようやく気づく。

ということは自分はやはり魂なのか。そしてここは死後の世界。実体はないが目は見える。声を掛けてきたのは、と龍一は眩《まぶ》しいほどに輝く目の前——目はないのだが——の女性を見やる。

『私は運命を掌る女神フォルタナ。本来死ぬはずではなかったあなたがあまりに不幸な最期を遂げたのを捨て置けず、救いの手を差し伸べるために来ました』

「……え？　ええ？」

夢でも見ているのだろうかと龍一はただただ戸惑っていた。どこからが夢なのだろう。銃で撃たれたことも夢？　いや、そこは現実か？　となると死んだ自分が夢など見られるはずがない。

『夢ではありません。それに今は私が話しています。頭の中でごちゃごちゃと考えるよりも私の話に耳を傾けなさい』

「す、すみません！　ちゃんと聞いています！　拝聴してますので……っ」

考えていることがわかるのか。『女神』ということは神様。人の心を読むなど当然のことだったか。

『ですから私の話を聞きなさい』

女神に呆《あき》れたようにそう言われ、慌てて龍一は平伏《ひれふ》した。

「も、申し訳ありません……っ」

『あなたはそうして気が弱い。あなたのために、あなたの望む世界に転生をとは思うのですが、そこで幸せになれるか否か、はっきりいって私には自信がありません』

女神が悩ましげに溜《た》め息を漏らすのを聞き、龍一は首を傾《かし》げた。しつこいようだが実体はないので心情的に、という意味である。

幸せになれるかどうかは自分次第ではないのか。なぜ女神がそこまで思いやってくれるのだろう。

『理由をあなたが気にする必要はありません。試行錯誤の一環ですから』

またも心を読まれた上で、ぴしゃりと言われてしまう。試行錯誤とは？　と疑問を持ったことをうざったく思ったらしく、女神は嘆息したあと再び話し始めた。

『あなたも不幸になるより幸福を得たほうがいいでしょう。そのために私にできることをしたつもりです。あなたのよく知る新たな人生で幸福を掴《つか》むよう、精進するのですよ』

そう言ったと同時に女神が龍一に向かい掌《てのひら》をかざす。一段と明るい光がその掌に集まり、己に向かい放たれる。眩しさしか感じない――と目を閉じた龍一は、身体の揺れを感じ、薄く目を開いた。

「…………え……？」

今までは身体があるという感覚はなかった。しかし今は確かに『実体』がある。俯《うつむ》いていた目には、己の足や膝に置かれた手が映っている。が、首を傾げてしまったのは、見慣れた己の手とはとても思えなかったからだった。しかも一体何を穿《は》いているのか。ジーンズでもなければスラックスでもない。タイツが近いが、もう少し生地は厚いようだ。そして足にはブーツ。そして腰には――剣？

一体どんな扮装《ふんそう》をしているのだろう。コスプレ？　それとも夢でも見ているのだろうか。頭の中をクエスチョンマークだらけにしながら、龍一は顔を上げた。

「えっ」

またも大きな声を上げてしまったのは、目の前に座っているのが美しい銀色の髪をした美少女だったからである。生身の人間というより、ＣＧに見える。そのくらい容姿が整っていることに加え、血が通っているとは思えなかったためだった。

龍一の声が美少女を目覚めさせたのか、閉じていた目を開き、目の前にいる龍一へと視線を向けてくる。

アメシスト色の大きな瞳に吸い込まれそうになる。なんという美しさ。なんという清らかさ。自然と静謐《せいひつ》な気持ちが込み上げてくる。

ぼうっと見惚《みと》れていた龍一の目の前で、美少女がゆっくりとした動作で周囲を見回す。そうだ、ここはどこなのだ。微《かす》かな振動を感じるがと、つられて龍一も視線を周囲へと向けた。

室内のようだ。車の中、いや、汽車の個室？　いや、違う。『馬車』だ。

『馬車』という単語が頭に浮かんだのは、美少女の風体からだった。現代人にはとても見えない。喉元のきっちり詰まった白いドレスは、ファンタジーを題材としたゲームやアニメに出てくる聖職者を連想させた。暗い赤色の布が張られたシート、向かい合わせに座る様式。ガタガタという震動。今、自分たちは馬車に揺られていると龍一は確信したと同時に、もしや、とある可能性に気づいた。

もしやこれは——大好きな『異世界転生』なのではないか。

龍一は世間でいうところの『オタク』だった。子供の頃から内向的な性格で、友人を作るのが苦手だった彼は、物語の世界に心の拠《よ》り所を求めた。漫画や小説、それにアニメ、ゲームが好きで、凝り性ゆえ気になる題材ができたときには、フルコンプを目指す。その彼が今、夢中になっているのは『異世界転生』もので、ジャンルを超えてあらゆる作品を読み漁《あさ》り、観まくり、プレイしまくっており、今日、彼が歌舞伎町まで買いに行ったのも、その異世界転生もののアニメの『円盤』――ブルーレイディスクだった。

女神は確か龍一のために、龍一の望む世界に転生させてやると言っていた。だからこうして異世界に転生させてくれたのではないだろうか。

さてどの物語の世界だろう。小説か、漫画か、それともゲーム？　ヒントとなるのは、と、龍一は目の前の美少女を改めて見つめる。

このビジュアル。アニメかゲームだろうか。美少女は服装からして聖女。聖女の出てくるゲームは、と尚《なお》も見つめていると、美少女とばっちり目が合ってしまう。

美少女の唇が微かに開く。何を言うのかとつい、可憐《かれん》な唇に龍一が注目したそのとき、美少女の口から想像し得ないトーンの声が響き渡ったのだった。

「なんだこりゃあ――‼」

「…………え…………？」

美少女の声自体は透き通った美しいものだった。が、声量が半端ない。絶叫といっていい声音が馬車内に響き渡り、龍一は思わず耳を塞《ふさ》いだ。

「おい、お前は誰だ。ここはどこなんだ？　黙ってないでなんとか言え！」

続いて美少女が身を乗り出し、龍一の肩を摑んで揺さぶってくる。生前、龍一は女性とこうも接近したことがなかった。同性にも声を掛けることを躊躇《ためら》う内気な彼が、異性に話し掛ける勇気を持てるはずもない。しかも相手は神々しいほどの美少女。普通ならときめく場面ではあるが、目の前の美少女の血走った目や、迫力ありすぎる怒声に圧倒され、頬を赤らめるような状況になりはしなかった。

「……っ」

と、震動で馬車が揺れたため、美少女が体勢を崩し、龍一の胸に倒れ込んでくる。

「わっ」

反射的に抱き止めた華奢《きゃしゃ》な身体の感触に、龍一の鼓動が一気に跳ね上がり、頭にカッと血が上る。女性に話し掛けることすらできない彼にとっては触れるなど夢のまた夢であったからだが、今まで怒声を張り上げていた美少女が起き上がることもせず、腕の中でぐったりしているため、早々に我に返ることができた。

「だ、大丈夫ですか」

一体どうしたというのだと、おずおずと声を掛け、美少女の身体を支えてやりながら顔を見ようとする。

「……座らせろ」

と、眉間にくっきりと縦皺《たてじわ》を刻んだ美少女が、短くそう命じてきた。彼女の顔色は真っ白で、声音も酷《ひど》くつらそうである。

「大丈夫ですか……？」

「だから、座らせろ。もとの席に」

心配になり問い掛けた龍一に、美少女は、ますますつらそうにしながらも、きつい眼差《まなざ》しを向けそう言い捨てる。

「は、はい」

密着状態が嫌ということかと、ようやく龍一は気づき、すぐさま彼女を自分の目の前の席に座らせてやった。美少女は未だつらそうにしており、話し出す素振りを見せない。

「あの、大丈夫ですか？　水かなんか、もらってきましょうか？」

声を掛けはしたが、実際、どうやって水を入手すればいいのかはわかっていなかった。

それで周囲を見渡したのだが、そんな龍一の耳に、美少女の押し殺したような声が響いてくる。

「おい、一体ここはどこだ？　なんだって俺はこんな珍妙な格好をしているんだ？」

「あ……の……？」

己の衣服を『珍妙』と言い、今いる場所がわからないという。まさに自分と同じ状態ということはつまり、と、龍一は己の導き出した結論を本人に確かめてみることにした。

「もしやあなたも転生者なんですか？」

「テンセイ？　なんだそれは」

と、美少女がつらさからか伏せていた顔を上げ、龍一を睨《にら》む。違ったのだろうか。それにしても口調が外見にまるであっていない。上からというか偉そうというか迫力があるというか。てっきり転生してきたのかと思ったのだがと首を傾げかけた龍一は、もしや『転生』という概念がないだけかもしれないと気づいた。

「異世界に生まれ変わるという意味です。あの、僕は前世では日本人で、死んでここに来たみたいなんですが、もしや同じだったりしませんか？」

「なんだと？」

美少女の眼差しはますます鋭くなり、まさに射るような目で龍一を睨む。

「今、日本人と言ったな？」

「は、はい……」

「死んで異世界に生まれ変わったと」

「確信はないんですが……ここが現代日本だとは思えないので……」

「…………」

美少女はまじまじと龍一を見たあと、己の身体を見下ろし、また視線を龍一に戻す。

「……俺も死んだはずだった。なのにこんなところにいる。まったく違う姿で。なるほど。世界を転じて生まれ変わるから『転生』か」

納得した様子の美少女の顔に少し血の気《け》が戻ってきたように見える。

「死後の世界にしては、あり得ない姿になっているから、何事かと思っていた。転生か。死んでみないと何が起こるかわからないものだな」

納得すれば受け入れるのも早いのか、しきりに感心したように頷《うなず》いている美少女を前に龍一は、彼女の切り替えの速さにそれこそ感心していた。

『俺』と言っているから前世では男性だったと思われる。堂々とした話しぶりからして、自分よりも随分と年上、『壮年』といわれる年代だったのではないかと予想する。

十九歳という若い身空で死ぬ不幸は自分一人で充分だ。一人頷いていた龍一は、美少女――中身はおそらく壮年男性だが――に話し掛けられ、はっと我に返った。

「ここを異世界だとして、どんな世界だとお前は思う?」

「そう……ですね……」

剣、それに聖女、となると、ファンタジーの世界ではないかと思われる。にしても、美少女の顔には微かに見覚えがあるような気がするのだが、と、龍一は改めて目の前の美少女を見やった。美少女もまた龍一を見返す。

「俺は死ぬ前の記憶もあるし、今の身体の記憶もある。お前はどうだ?」

美少女に問われた瞬間、龍一の頭に、自分が転生した人物の記憶が一気に流れ込んできた。

年齢は前世と同じ十九歳、もと勇者にして今や『最強の騎士』となった『リュカ』。それが今の名前だ。

『リュカ』――これもまたどこかで聞いたような、と首を傾げる龍一の耳に、苛立《いらだ》った美少女の声が響く。

「おい、無視するな。記憶はあるのか？　ないのか？」

「す、すみません。どうもあるようです。名前はリュカ、もと勇者で今は『最強の騎士』らしいんですが……」

「『最強』は自称するもんじゃないと思うがな」

苦笑する美少女の口調は意地の悪さよりも、やはりそれなりの人生を歩んできたに違いないと確信させられるような自信が感じられた。

「多分、設定です。自分が剣を使えるかどうかはちょっとわかりません」

「設定か。実際、お前の外見は『最強』には見えないな。えらい色男だが、いかにも気弱そうだ。しかし腰の剣は立派だな」

「……気弱……」

気弱なのは前世の自分だ、と龍一は自然と俯いてしまっていた。

「俺もそうした設定であってほしかったよ。『聖女』なのに男って、どういう世界観なんだか」

「え？　男？」

思いもかけない――かけなすぎる発言に、驚きすぎたせいで龍一の顔が上がった。

頭の中でパズルのピースが物凄い勢いで集まり始める。

「あの……名前は……？」

名前を聞けば多分、タイトルがわかるのではないか。期待を込めて問い掛けた龍一に、美少女――否、美少年が名乗る。

「聖女クリスティーン。男でも『聖女』になれるのか？　聖男子とか、聖人とかいうんじゃないのか？」

「聖女クリスティーン！　そして最強の騎士リュカ！」

思い出した、と龍一は我ながら弾んだ声を上げた。が、次の瞬間、自分が新たに属することとなった世界の、先行きの暗さに頭を抱えそうになる。

「どうした？」

何も知らない聖女が眉を顰《ひそ》め、問い掛けてくる。知らせていいものか。この先、このか弱い、美しい人を待ち受けているおぞましい未来を。躊躇っていた龍一は、聖女に怒鳴りつけられ、はっと我に返った。

「黙ってないでなんとか言え！」

「す、すみません。それが……」

そうだ、見た目は儚《はかな》げな美少女だが、中身は自分よりしっかりした男性だ。先に未来を教えておけば打開策を考えるのではないだろうか。そうであってほしいと祈りながらも龍一が未だ躊躇っていたのは、内容が生前の彼にとっては口にするのに羞恥《しゅうち》を覚えるものだったからだ。そんな羞恥も、美少女に物凄い迫力で睨まれ、引っ込めざるを得なくなる。

「ここは多分、ＢＬゲーの世界です」

「ビーエルゲー？」

馴染《なじ》みのない単語だったのだろう、聖女の眉間にくっきりと縦皺が寄る。市民権を得てきたのではと感じていたが、かかわらない人は一生知らない世界かもしれないと、改めてそう思いながら龍一は、まずは、と説明を始めた。

「『ＢＬ』は男同士の恋愛をテーマにしたジャンルの名称です。漫画や小説、それにゲーム……あ、最近はドラマや映画にもなってますね」

「へぇ」

聖女の反応を見るに、やはり生前は一生『かかわらない人』のほうだったらしいと判断しつつ、説明を続ける。

「おそらく、ここはＢＬゲーム『穢された聖域』の世界ではないかと思われます。主人公は異世界から聖女に転生した少年で、転生と同時に聖女の性別が変わってしまいます」

「なるほど。『聖女』が少年になるんだな。今の俺のように。ん？」

納得していた聖女が、何かに気づいたように首を傾げる。

「だが記憶は『聖女』としてのものしかないぞ？　転生してきた少年の分もあるはずじゃないか？」

「プレイヤーだからじゃないですかね……ゲームの主役が聖女に転生した少年で、自分で名前をつけられるんです。好きなように」

「よくわからんが……」

龍一としては至極丁寧に説明したつもりなのだが、聖女の理解は得られなかった。ゲームもしなかったのだろうか。となるとどう説明したらいいのやらと考え込んでいた龍一を、聖女が急《せ》かす。

「まあいい。それで？　これから我々はどうなる？　聖女の記憶によると、護衛のお前と一緒にこれから皇帝のもとに向かうところなんだよな？」

「……ああ、やはり……」

龍一は、未だ『リュカ』の記憶がぼんやりした状態なのだが、聖女ははっきりと記憶があるらしい。しかし聖女の記憶があっても、ゲームの内容を知らなければこの先の未来を知る由もないということかと、今更察した龍一は思わず溜め息を漏らしそうになった。

「何が『やはり』なんだ？」

聖女がまたも鋭い眼差しを向けてくる。いよいよ伝えるときがきたと、龍一はごくりと唾を飲み込むと、それでも痛ましさから美しくも清らかな聖女の顔を見て話すことができず、俯いたまま話し始めた。

「その……この『穢された聖域』はR18、十八禁のゲームで、いわゆる『陵辱系《りょうじょく》』といわれるものなんです。『聖女』に転生した主人公が、皇帝をはじめ、攻略キャラに陵辱されまくるという……」

「陵辱⁉」

聖女がぎょっとした声を上げている。

「はい。どのルートも、聖女が少年であることがバレるのをきっかけに陵辱されるという筋立てで、純潔を奪っても聖女の力が衰えないことがわかると、それはもう、容赦なく……」

「待て。それは誰を対象としたゲームなんだ？」

聖女はすっかり腰が引けているようだった。嫌悪感が綺麗な顔に表われている。

「十八歳以上の主に女性ですかね……」

「楽しいのか？」

「……多分……」

異世界転生ものなので龍一も一通りプレイをしてみたのだが、ほぼバッドエンドというこのゲームにはあまり好印象はなかった。

「お前もプレイしたということだよな、知っているってことは」

聖女の表情がますます嫌悪感溢《あふ》れるものになり、目を細めて龍一を眺めている。

「異世界転生が好きなので……でも正直、このゲームはちょっと……どのエンディングも悲惨なので気が滅入ってしまって」

「どんな結末なんだ？　俺はこれからどうなる？」

龍一の発言を聞き、腰が引けていた聖女が再び身を乗り出してくる。

「この馬車が城に向かっているのなら、攻略キャラは皇帝のはずです」

「ああ。城に向かっている。皇帝の命令でお前が聖女を城に連れていくところじゃないのか?」

聖女の言葉で、ぼんやりとしていた龍一の中の『リュカ』の記憶が鮮明になっていく。確かにゲームどおりだ、と己の記憶とゲームの記憶を辿《たど》りつつ、龍一は話を続けた。

「そのとおりのようです。このあと聖女は、皇帝に謁見する前に、身を清めるために沐浴《もくよく》をするんですが、そこを皇帝に覗《のぞ》かれ、男であることがばれます。偽者の聖女が来たと思い込んだ皇帝が怒りに任せて聖女を陵辱するという流れとなっています」

「皇帝が風呂を覗くのか? 皇帝って国のトップだろうが。国のトップが覗きなんかするか? 無理あるぞ、それは」

聖女が呆れた顔になる。突っ込まれるのは陵辱ではなくそこか、と龍一は思いながらも、

「……そこはゲームなので……」

と流してもらうことにした。実は故意に覗いたのではなく、偶然通りかかったのだが、『偶然』というほうが無理があると思ったのである。

「で? そのあとどうなる?」

聖女に先を促され、龍一はますます悲惨になる聖女の運命を語らざるを得なくなった。

「聖女が本物であるとはわかるのですが、皇帝は聖女をいたぶることに夢中になり、陵辱の

限りを尽くします。それもまた彼なりの愛ということなんですが……。そもそも聖女は北の地に魔物が出現したことによる穢れを祓《はら》うために呼び寄せられたのですが、皇帝が片時も離さないため、最強の騎士『リュカ』が北の地に魔物の討伐に向かうことになります」

「それがお前だな？　それで？」

聖女の顔が強張《こわば》っている。

「はい、討伐を終えたリュカが皇帝のもとに戻り、そこで聖女が皇帝に酷い扱いを受けていることを初めて知ります。聖女を救うためにリュカは皇帝を倒し、聖女と共に国を出て聖女の故郷へと逃れようとするのですが、あと一歩のところで神が出現し、聖女が皇帝殺しにかかわったということで聖女とリュカに制裁を加える……早い話が命を奪ってエンド……です」

「……酷い話だな」

聖女が辟易《へきえき》とした顔になっている。

「そうなんです。殆《ほとん》どがバッドエンドなんです」

だから馴染めなかったのだ、と溜め息と共に告げた龍一に、聖女が問いを発する。

「『殆ど』ってことは、他の話もあるのか？」

「攻略対象は三人……リュカを入れて四人だったか。あと隠しがいたかもしれませんが、そこまでやり込んでいないのでなんとも。攻略キャラの数だけストーリーがあるんです」

「他の話は？　一番マシなのはどんなのだ？」

「そうですね……」

ざっと思い出すと、どれもこれも、という感じではあるのだが、取り敢《あ》えず、と龍一は答え始めた。

「死なないのは神官ルートです。これは教会内で複数の神官たちに監禁された後にレイプされますが、聖女自身が被虐の悦《よろこ》びを覚え、自らその環境を望むようになり、救おうとするリュカを拒絶するという話でした。あとは北の地で魔王に捕らえられ、性奴にされるんですが、これは触手プレイがあったような……死後の世界まで追いかけてきた魔王に死んだあとも陵辱されまくります。あとは……」

「わかった。もう充分だ」

はあ、と溜め息を漏らしつつ、聖女が龍一の話を遮る。

「こんなひ弱な少年を陵辱して何が楽しいんだか。世の中には色んな世界があるもんだな」

やれやれ、というように首を横に振る仕草をする彼を前に龍一は思わず、

「すみません……」

と謝ってしまった。

「何を詫《わ》びる？　そのゲームはお前が作ったのか？」

意外そうな顔で問うてきた聖女に龍一は、

「とんでもない！」

と首を横に振った。

「僕はしがないオタクの大学生です。異世界転生ものが好きで、ジャンルを問わずに本や漫画、映画にゲームをやりまくっていただけで、とてもゲームを作るような才能はありません」

「大学生か。そういやなんだって死んだんだ？　病気か？　事故か？　まさか自殺じゃないだろうな？」

聖女の興味は自分たちがいる世界のことから、龍一の前世へと移ったらしい。興味深そうに問い掛けてきた彼に嘘《うそ》をつく必要もないかと龍一は自分の死に様を話すことにした。

「ヤクザの銃撃戦に巻き込まれたんです。歌舞伎町で」

「なんだと？」

聖女が、はっとしたように龍一を見る。

「歌舞伎町だと？」

「はい……ビルの中に入ろうとしている、地位が高そうな人が銃で車から撃たれて。その車を撃とうとした弾が僕にも当たったようです。おそらく」

「……それは申し訳なかったな」

ぼそ、と聖女が呟くと同時に頭を下げる。

「……え？」

なぜ謝罪を、と龍一は聖女の顔を覗き込もうとしたが、一瞬早く聖女は顔を上げると、真《ま》

っ直《す》ぐに龍一を見つめ口を開いた。

「カタギのお前を巻き込んでしまって申し訳ない。お前が死んだのは俺のせいだったなんてな」

「…………え？」

どういう意味なのか。理解できずにいた龍一だったが、続く聖女の言葉を聞き、馬車を引く馬が驚くあまり脚を止めてしまうほどの大声を上げてしまったのだった。

「銃撃されたのは龍生会《りゅうせいかい》若頭、神代静《しずか》――俺だ。お前は俺に巻き込まれて死んだんだ」

「え――⁉」

龍一の脳裏に、目の前で倒れたヤクザの幹部の姿が蘇る。堂々とした物腰、高級感溢れる身なりをしていたあの男が、目の前のこの、銀色の髪の美しい少年とは。驚きが大きすぎて思考力が止まってしまっていた龍一は、

「何事ですか⁉」

と御者が慌てて馬車を停め、声を掛けてくるまでの間、その場で呆然《ぼうぜん》と座り込んでしまっていた。

2

扉を叩《たた》く御者に「なんでもありません」と答えたのも、その際にあとどのくらいで目的地に着くかを尋ねたのも、聖女――ならぬ神代だった。

実に堂々とした態度と物言いは、ゲームの世界の聖女とは明らかに違い威厳に溢れていて、彼の近くで龍一はただただ圧倒されてしまっていた。

さすが、ヤクザの幹部。先程の自己紹介によると若頭だという。オタクの龍一は生前の漫画の知識で、若頭が組のナンバーツーの地位を示すものと知っていた。確かに生前の神代は、いかにも堂々とした態度からも、端整かつりゅうとした外見からも、ある種のカリスマ性すら感じられた。きっと組の皆に憧れられていたのではと軽く推察できる。

その若頭は今、龍一から聞かされた、これから彼の身に起こるであろう厄災で頭がいっぱいのようだった。

「到着まで時間がない。くそ、これじゃ対策の立てようがないじゃないか」

御者が持ち場に戻り馬車が走り始めると、神代は舌打ちをし、真剣な顔で考えている。その様子をぼんやり見ていた龍一に、神代の鋭い視線が浴びせられる。

「お前もちょっとは考えろ」

「考えるって……何をですか？」

見た目は美しく、そしていかにもか弱そうな聖女なのに、態度のでかさと押し出しの強さにどうしても気後れしてしまう。おずおずと問い返した龍一を前に、神代は、はあ、と溜め息をつくと、

「俺が陵辱されない方法だよ」

と答えを告げてくれた。

「このままだと俺は風呂に入っているところを皇帝に覗かれ、男だとバレて犯されるんだろう？　そんな目に遭うのを易々《やすやす》と受け入れられるわけないだろうが。未来がわかってるんだからどうやったら回避できるかを考えるだろう、普通」

「そうですね。それが異世界転生の醍醐味《だいごみ》ですし」

そのためにストーリーを話したのだった、と龍一はすぐさまそれを思い出し、納得した。

「醍醐味とは？」

しかし神代は意味がわからなかったようで、首を傾げている。

「『異世界転生もの』では、前世の記憶の中に、転生した世界についてのものもあるんですよ。好きだった本とか、プレイしていたゲームに転生するというのがデフォなんです。悪役令嬢に転生するパターンが多いんですけど、ゲームの知識で断罪を回避し、幸せになる。それが

異世界転生の醍醐味なんです」

「そこまでわかってるなら、とっとと考えてくれよ。男が男に陵辱される身になってみろ」

滔々《とうとう》と語っていた龍一は、不機嫌丸出しの神代の声――声音は鈴の鳴るような美しい少年のものだったが――に、はっと我に返った。

「す、すみません」

「そもそも、こいつの――『クリスティーン』の体力のなさはなんなんだ。これじゃ抵抗なんて夢のまた夢だ。さっきもすぐに息切れするし、握力だって三くらいしかないんじゃないか？」

怒りと情けなさが滲《にじ》んだ声を神代が上げつつ、己の手を開いて見下ろす。

「確か聖女は鍛えても体力は上がらなかったような記憶があります。『浄化の力』を発揮するときは神の媒体となっているという設定で、自身の体力は使わないで済んだような……」

違いましたっけ、と龍一は、『クリスティーン』本人の記憶もあるという神代に確認を取る。

「どうだか。やってみないことにはな」

神代は首を傾げていたが、そうだ、と何かを思いついた顔になり、逆に問い掛けてきた。

「こんなに体力がないのに、男に散々乱暴されても死なないものなのか？　俺とは『陵辱』の認識が違うのか？」

「多分、『陵辱』の認識は同じです。聖女は神の祝福を受けているので、死なないんです。

聖女の命を終わらせることができるのは神だけという設定です」

「死なない？」

神代は驚いていたが、すぐ、

「ああ……祝福を受けたときの記憶がある。なるほど。だから魔物が出るような危険なところに行けるんだな。死なないから。しかし待てよ」

と、ここでまたも神代が何か思いついた顔になる。

「もしや『死なない』ことが広く知れ渡ってるから、皆、こいつを酷く扱うんじゃないのか？」

『こいつ』といいながら親指を立て己を指さす。

「その傾向はありますね……特に皇帝は残虐な性格をしているので」

龍一は事実を述べただけなのだが、神代はまるでそれが龍一のせいだといわんばかりに彼を睨んできた。

「その残虐な皇帝が待ち受けているんだよな？　皇帝の性格がわかっててお前は俺を連れていくんだよな？」

「北の地を浄化してもらうために聖女の助けを求めたんです。さすがに暴君といわれた皇帝も聖女に手を出すとは思ってなかったんですよ、『リュカ』も」

自分のことでもないのに言い訳をしてしまっていた龍一は、いや、自分のことなのか？と思い直した。

この世界では自分は間違いなく『リュカ』である。彼はもと勇者だったが、聖女の浄化の力で母親の病が完治したことをきっかけに、教会を、聖女を守る騎士となった——という設定だった。彼が『最強』であるので他に警護は必要なく、少しも早く登城するため小回りの利く小型の馬車を走らせているというところである。

皇帝が聖女を陵辱しているという事実をリュカが知ったのは、北の地の魔物を討伐し城に戻ったあとだった。しかし『自分』は聖女の危機を知っている。二人で対処策を考えれば筋立てを変えられるはずだ——とは思うのだが、時間が許してはくれなかった。目的地に到着した馬車が停まってしまったのだ。

「城門が開くようです」

馬車の小さな窓から見る外は漆黒の闇《やみ》だった。が、城門が開く音がし、馬車が走り出すと、次第に建物の形が見えるようになってきた。

「そうか。街灯もないんだな。電気、ガスがない時代か」

神代もまた窓の外を見やったあと、『クリスティーン』の記憶を辿ろうとしたのか目を閉じる。

「ファンタジーだな。まあ、『聖女』が穢れを祓うって時点でファンタジーだが。魔法もあるんだったか？　聖女は教会に籠もりきりで世俗の世界はわからないんだよな」

「電気ガス水道のかわりの生活魔法はありますけど、戦うのはもっぱら剣……なのかな。魔力で戦うというシーンはなかった気がします。というより、戦闘シーン自体がほとんどなかったような……」

「陵辱シーンばかりでか？　本当に勘弁してもらいたいものだな」

聖女がうんざりした顔になる。

「で？　どうする。このあと沐浴だろ？」

「はい。聖女のために用意された離宮で、沐浴を勧められます」

「それを皇帝が覗く」

「……ええ、まあ……」

そして陵辱。阻止する手立ては、と必死で考えていた龍一の耳に、聖女の軽やかな声が響く。

「お前が入っとけばいいんじゃないか？」

「え？」

思いもかけないことを言われ、龍一の頭の中は真っ白になった。

「みすみす覗かれるのがわかってるのに、入る馬鹿はいないだろう。だからお前がかわりに入ればいいって言ってるんだよ。皇帝だってお前が男とはわかってるんだから、裸を見たところで激怒することはないだろうが」

「そ、それはそうですが……」

「いいから！　お前が入っとけ。いいな？」

離宮に馬車が到着すると、世話係を命じられたメイドたちが聖女の前にずらりと並んだ。皇帝陛下との謁見のため、身支度を整える手伝いをするという彼女たちの申し出を、男になっていることを見抜かれまいとして聖女が辞退するというのは原作どおりだった。

原作と違ったのは、聖女が実に堂々としている点で、礼儀こそ損なってはいなかったが、不要である旨をきっぱりと伝え、理路整然と理由の説明も行って、龍一を啞然《あぜん》とさせた。

「身を清めるのに、入浴の必要がないのです。浄化の力を己にかければいいだけですので」

そう告げると聖女は――神代は、言葉どおり自分自身に浄化の魔法をかけ、長時間の馬車での移動を感じさせる衣服を文字どおり光り輝くほどの白色に変じてみせたのだった。

驚くメイドたちを前に神代は、計画どおり龍一の入浴まで認めさせてしまった。

「しかし折角のご厚意を無にするのは申し訳ない。わたくしの代わりに護衛についてくださった騎士様に、ご入浴いただくことでよろしいでしょうか」

「それはもちろん」

どうぞ、とメイドたちに浴室まで連れていかれる。浴室は中庭に張り出した造りで、原作では籠もった湯気を外に出すために開いていた窓から、中庭をちょうど通りかかった皇帝に覗かれるのだった。

メイドたちが退くと龍一はまず腰の剣を下ろし、『衣装』としか思えない服を脱ぎ捨てていった。

生前の龍一は運動をほぼしていなかったため、ひょろりとした体格をしていた。身長も百七十センチとそれほど高いほうではなく、容姿も十人並みと自覚していたのだが、浴室の鏡に映る『今』の姿は、ゲーム機のスクリーンの中にいた凛々《りり》しくも美しいキャラクターそのものだった。

肩までの金髪、サファイアのごとき美しく輝く青い瞳。ゲーム内では唯一の『いい人』であったのと、主人公の『聖女』との並びは攻略キャラの中でも際だって美しかったので、それなりに人気があるキャラだった。

顔も綺麗だが体つきも理想的で、鍛え上げられているのがわかる。といってもデコラティブではなく、いわゆる細マッチョで、綺麗な筋肉のつき方をしていた。

腰が高く足が長い。見れば見るほど美しい。そして、と下半身を見て龍一はつい溜め息を漏らしてしまった。生前の彼は包茎だったが、さすがゲームキャラというべきかそれなりに立派なものがついている。ゲームでは多少の『修正』が施されていたが、実体には当然ながら修正はなく、ついまじまじと見てしまっていた龍一は、我に返って顔を赤らめた。

万一、こんな姿を人に見られたら、とんだナルシストだと笑われることだろう。キャラクターのイメージを壊すのは申し訳ない、と、誰に対するものか不明な罪悪感を抱きながら、鏡の前を離れ、広々とした浴室に足を踏み入れる。

浴室内には湯気が充満し、息苦しさを覚えるほどだった。これは窓を開けたくなるというもの、と納得しつつ、天井から床までの高さの窓を少し開けて風を入れてから広々とした浴槽に身体を沈める。

浴槽は石造りだった。ファンタジーの世界らしく、シャワーなどはついていない。どうやって身体を流すのだろう。と首を傾げ、ああ、魔法か、と思いつく。

それにしても気持ちがいい。浴槽の中で龍一は伸びをし、はあ、と息を吐き出した。転生してムの中で聖女は、こうして入浴をしたが、『気持ちがいい』どころではなかった。転生してきた聖女の中の人が、これからどうしたらいいのかと不安から、膝を抱えて入っていたところに、窓の外で物音がし、驚いて立ち上がった姿を皇帝に覗き見られるのである。

それから始まる陵辱。そもそもが陵辱を売りにしたゲームなので突っ込むべきではないのだろうが、残虐な皇帝のキャラクターの行動として、男だとわかった瞬間、斬首ではなく強《ごう》姦《かん》という流れはやはり無理がある、と龍一は風呂の中で一人頷いた。

そもそもなぜ、皇帝は中庭を歩いていたのか。聖女を待ち侘《わ》びていて一刻も早く会いたかったから？　本当に風呂を覗きにきたのだったらとんだスケベ野郎である。キャラ崩壊じゃないか、と、つい笑ってしまった龍一の耳に、窓の外に誰かがいる気配が伝わってきた。

皇帝か？　立ち上がれば男とばれてしまう——と考えかけ、自分は聖女ではないからその心配はないと思考を手放す。聖女がいなければ皇帝も通り過ぎるのではないか。そうに違いない、と龍一は思い、気づかぬふりを貫くことにした。浴槽の中、身を潜めていれば行ってしまうだろう。窓を開けたおかげで、浴室内に充満していた湯気はなく、誰が入っているか、見誤ることもないはずだ。

窓の外で、ガサ、と草を踏む音がする。窓から離れようとしているのだろう——という龍一の推察は、次の瞬間崩れた。

「なぜお前が入っている！」

窓が大きく開かれたと同時に、皇帝の怒声が浴室内に響き渡ったのである。

「こ、皇帝陛下……っ」

激怒していることがわかる声音だった。土足のまま浴室に踏み込んできた皇帝の顔は『暴君』の評判どおり、否、それ以上に恐ろしいものだった。

黒髪に赤い瞳が特徴である彼の名は『ネウロ』。どう考えても『暴君ネロ』が名前の由来であろう。身長は百九十センチ、それだけで迫力があるのに、怒りに燃えた赤い瞳に射貫かれ、身動きを取ることもできない。

「答えろ。なぜ聖女ではなくお前がここにいる？」

皇帝は今、龍一のすぐ近くまで歩み寄っていた。身体が竦《すく》んでしまっていた龍一の答えが遅れる。それが皇帝の怒りを煽《あお》ったらしく彼の手が伸び龍一の髪を摑んできた。

「答えろ。なぜお前がここにいる」

「痛っ」

そのまま身体を持ち上げられそうになり、慌てて自分の足で立ち上がると、浴槽を出て跪《ひざまず》き頭を下げる。

「も、申し訳ありません。聖女様より、せっかくの陛下のご厚意を無にするのは申し訳ないと、かわりに……」

未だ、恐怖は感じていた。が、何か喋《しゃべ》らなければ殺されるということが本能的にわかったため、龍一は必死で聖女ではなく自分がこの場にいる理由を明かし始めた。

「お前に命じたのは聖女の護衛だ。聖女のかわりに身を清めることではない」

しかし皇帝の怒りは収まらず、ますます不機嫌になったのではと、おそるおそる顔を見上げる。

「……っ」

予想どおり、怒りに燃える瞳に見据えられ、龍一は悲鳴を上げそうになった。失禁するほどの恐怖を、生前の彼は味わったことがない。今のところ漏らしはしていないが、命の危険をこれでもかというほど覚え、がくがくと両脚が震えてきてしまった。

「最強の騎士が、随分と情けない姿だな」

皇帝にはすぐに気づかれ、嘲笑《ちょうしょう》される。おかげで眼差しのきつさは薄れたが、龍一を捕らえた恐怖心は少しも薄まらなかった。

まさかここで死ぬのか？　こんな短期間に二回も死を体験させられると？　女神は幸せにしてやると言ってなかったか？　話が違うじゃないか。

思考が混乱して、自分でも何を考えているのかわからない。情けないことに涙まで込み上げてきてしまったが、さすがに泣くのは恥ずかしいと唇を噛《か》む。

「いい顔だ」

と、何を思ったか皇帝の手が再び伸びてきて、龍一の顎を捕らえた。無理矢理上を向かされ、視線を合わせるしかなくなる。

「ふっ。力では俺に勝るというのに、何をそんなに恐れるのだ？　殺せばいいだろう？　俺を」

言いながら皇帝が顔を近づけてくる。

「それとも俺が怖いのか？　『最強』の騎士も権力に屈し、我が身を守ることもできぬというのか？」

「…………」

あまりに近すぎる距離に、目の焦点があわず、皇帝の顔がぼやける。しかしそれでも鋭い眼光を放つ赤い瞳の恐ろしさは少しも薄れることなく、龍一はただ震えることしかできずにいた。

「俺に逆らうと教会に……聖女に害が及ぶと、それを恐れて耐えているのだな。屈辱に身体を震わせて」

それを皇帝はあらぬ方向に解釈をし、納得している。違うんです、怖いだけなんです、悲鳴を上げたり泣いたりするのを耐えているだけなんですと心の中で叫びながらも龍一は、ただただ身を竦ませ、嵐が過ぎるのを待っていた。

誤解させたままのほうが、『最強の騎士』としての面子《メンツ》は保てる。あとはどうやって皇帝をここから立ち去らせるかだが、彼はどういうキャラ設定だったか。

もっとも厭うのはあからさまに媚《こ》びへつらうこと。馬鹿にしているのかと、大臣を斬り捨てたエピソードが冒頭からあった。斬り捨てられては大変なので、その手前くらいですむようなネタはなかっただろうかと考え、従順であることを態度で示すしかないかと結論を下した。

聖女があぁも執着されたのは、やめて、ゆるしてと泣いて抵抗したからだった。それだけ恐ろしかったのだろうが、逆に皇帝の加虐の心に火をつけてしまったのだ。

それなら、と龍一は気力をなんとか集め、皇帝に対してまずは、自分が従順な騎士であることを示そうとした。

「へ、陛下。ご気分を害されたのなら申し訳ありませ……」

「ああ、害した。害したぞ」

しかし言い終わるより前に、皇帝がにやっと笑ったかと思うと、再び髪を摑んできた。無理矢理顔を上げさせられる痛みに耐えていた龍一を見下ろし、皇帝がまたにやりと笑う。

「もっとお前の顔が見たい。屈辱に耐える顔がな」

そう告げたかと思うと皇帝は、信じがたい言葉を告げ、龍一を戦《おのの》かせた。

「犬のように四つん這《ば》いになって向こうを向け。尻を高く上げてな」

「えっ」

声を発したと同時に、皇帝の、龍一の髪を摑んでいた手が大きく動き、その場に倒される。

「早くしろ」

頭の上で皇帝の冷たい声が響く。この流れはどう考えても性的な辱めを受ける方向だが、なぜに自分が？　龍一はすっかり混乱してしまっていた。

皇帝も自分も――『最強の騎士』リュカも、攻略対象だ。攻略対象同士の濡《ぬ》れ場などゲームにあっただろうか。少なくとも自分がプレイしたときには一度もなかった。何かの間違いとしか思えないのだが、それを皇帝に指摘できるほどの勇気が、龍一にあるはずもなかった。命じられた言葉どおりにするしかない。マントの下、皇帝が剣を携えているのはわかっていた。『最強の騎士』でも斬られれば当然死ぬ。転生してすぐ死ぬというのはあまりに虚《むな》しい。

悪い予感しかしないが、死ぬよりは、と龍一は命じられるまま、皇帝を背にした状態で四つん這いになった。尻を上げろということだったと、言われたとおりにする。

「屈辱的か？」

皇帝の冷笑が背後で聞こえたが、今龍一が感じているのは屈辱より恐怖だった。ゲームをプレイした際、皇帝のキャラクターの残忍さにドン引きしたことを思い出す。少しでも気に障ったことがあれば、その瞬間彼は剣を抜く。攻撃力は他のキャラクターのほうが数値的には高いが、直接手にかけた人間の数はゲーム内で誰より多かったのではないか。

今、この瞬間にも皇帝は剣を抜くかもしれない。そうすれば自分の人生は終わる。最初の人生が十九年で、二度目の人生はほんの数時間で終わってしまうなんて虚しすぎる。

生き延びるためには皇帝の機嫌を損ねないこと。しかし何が地雷になるかがまるで想像つかない。プレイ中も、そんなことで激高するなんて、と戸惑うことばかりだった。

全裸で四つん這いになり、不自然に尻を上げている、今の自分の体勢を客観的に見たら確かに羞恥を覚えるだろうし、屈辱的にも感じるだろうが、そんな余裕は今の龍一にはなかったのだった。

浴室内は汗ばむほどの温度だったが、龍一の全身には鳥肌が立ち、脚はがくがくと震えていた。

「屈辱的かと聞いている」

無視をしたわけではない。恐ろしくて声が出なかっただけなのだが、皇帝の不快そうな声が響いたのに、龍一はつい悲鳴を上げてしまいそうになった。

「ひっ」

直前で思い留《とど》まり、なんとか声を抑えたものの、怯《おび》えた声は上がってしまった。

「こうまで言われて答えぬとは。最強の名は伊達《だて》ではないな」

しかし皇帝には恐怖は伝わらず、なぜかプライドから口を利かぬと誤解されているようである。

意外にも皇帝は、誤解した上で不快にも感じていないようだった。こうしていいように誤解したまま、飽きて出ていってくれないだろうか。ひたすらにそう祈っていた龍一は、不意に尻を掴まれ、ぎょっとしたせいでそのまま固まってしまった。

「ならどこまで耐えられるか、見せてもらおうじゃないか」

そう告げたとほぼ同時に今度は両手で腰を掴まれ、更に身を竦ませる。龍一の尻に熱い塊が押し当てられた次の瞬間、身体を引き裂かれるような痛みに襲われ、声にならない悲鳴が口から放たれる。

「――ッ」

激痛が龍一の思考を奪い、自分の身に何が起こっているのかまるで把握できない。わかるのはただ、いきなりの挿入に裂けた場所への痛みのみだった。

鮮血が滴るそこに猛《たけ》る雄を突き立て、激しく腰を打ち付けてくる皇帝の動きは獰猛《どうもう》そのものだった。浴室内に木霊《こだま》する、二人の下肢がぶつかり合うときのパンパンという高い音のピッチが次第に速くなる。奥深いところを勢いよく抉《えぐ》られるたびに、閉じてしまった瞼《まぶた》の裏で

火花が散った。苦痛は少しも和らがず、時間が経《た》つにつれつらさは増したが、逃れる術《すべ》などまるで思いつかない。

「いい締まりだ。食い千切られそうだ」

皇帝が楽しげに笑いながらますます突き上げの速度を上げる。延々と続く攻め立てに、今や龍一は意識を失いそうになっていた。

前世では童貞だった龍一だが、今世の『リュカ』に性体験があったか否か、それを思い出す気力などとうの昔に失われている。しかし太い楔《くさび》で内臓を乱暴にかき回される痛みは間違いなく未体験のものだった。

快楽の兆しも摑めないまま、朦朧《もうろう》としてきていた龍一の背後で皇帝が抑えた声を漏らす。

「……う……」

同時に後ろにずしりとした重量感を覚え、思わず龍一は呻《うめ》いた。すっかり麻痺《まひ》状態となっているそこには未だ、太く固いままの楔が打ち込まれたままである。

「少しも声を上げないな」

息を乱すこともなく、皇帝が笑ったそのあとに、早くも再び突き上げが始まる。

「抱き潰すことができるのか、試してやろう」

ますます楽しげに笑いながら、皇帝が腰を打ち付ける。繋《つな》がった部分から生温かな彼の残《ざん》滓《し》が滴り、腿《もも》を伝って流れ落ちる。いつまでこの苦痛は続くのか。果ての見えないつらさに絶望感を抱きながら龍一は、身体がくずおれそうになるのを堪《こら》え、ただただ時が過ぎるのを待ち侘びた。

さすが十八禁エロゲーの攻略キャラだけあり、皇帝は絶倫だった。五回までは記憶があるが、最終的に何度いったかはわからない。結局は意識を手放してしまった龍一が目を覚ましたのは、暗い部屋の中にある寝台の上だった。

「おい、大丈夫か？」

うっすらと目を開いた龍一の目に、美しい銀髪が飛び込んでくる。

「う……」

身体を起こそうにも、そこかしこが痛くて起き上がることもできない。呻いてしまっていた龍一を心配そうに見下ろしているのは、美少女――ならぬ美少年の聖女だった。

「風呂場で倒れているのを見たときには驚いたぜ。膝は血だらけだし、尻からも出血してるし」

やれやれ、というように溜め息を漏らしつつ、神代がそう言ったあとに「待ってろ」と声を掛ける。

「え……？」

何を、と問おうとした龍一の目の前に、神代が手をかざしてきた。

「うわっ」

掌に白い光が集まってきたかと思うと、その光が自分めがけて放たれたものだから、龍一は驚いてつい、声を上げてしまった。

「浄化の力ってやつらしい。どうだ？　もう起きられるんじゃないか？」

神代に言われ、龍一は上体を起こしてみた。確かに痛みはない。そして、と己の身体を見下ろす。

「なんだか……不思議な感じです。力が漲《みなぎ》っているような気がします」

「実際、漲ってるみたいだぜ。『気』みたいなもんが俺には見える。聖女の力なんだろう」

神代に言われ、そういえば、と龍一はゲームの設定を思い出した。

「腕力はさっぱりだが、この力は強大みたいだな。何せ広大な北の地の穢れすら祓えるというんだからな」

聖女が得意そうな顔になっている。ゲームの中の彼なら決して浮かべない表情である。気弱、かつ謙虚な性格の聖女は、どのような目に遭わされても相手を責めることなく、自分に非があると思い込んでいた。転生して性別が変わったのが悪いというのがその『非』だが、好きで転生したわけでもないのにと、もどかしく思いつつプレイしていたことを龍一は思い出す。

神代の言うとおり強大な力を持っているのだから、このくらい偉そうにしていてもなんら問題ないのだ。まあそれでは『陵辱』が売りのゲームにはならないのだろうが。そんなことを考えていた龍一は、神代に申し訳なさそうに頭を下げられ、はっと我に返った。

「にしても悪かったな。まさかお前が陵辱されることまでは考えてなかった。身代わりにしちまって申し訳なかったな」

「あ、いいえ。僕も想定外でした。リュカは攻略対象側ですし、まさかこんなことになるとは……」

これがよく言われる『シナリオの強制力』というものだろうか。風呂を覗かれれば必ず犯されるといった？　いや、シナリオ的な強制力ということであれば、風呂を覗かれなくても聖女が陵辱されるというほうに向くのではないか。考え込んでいた龍一に、聖女が問い掛けてくる。

「攻略対象同士はそういう関係にはならないってことか？」

「僕の知る限りでは……二次創作ではそういうカップリングもあったかもですが」

「二次創作？」

「ファンアートというか、ええと……」

説明しようとしたそのとき、部屋の外で声が響き、二人の意識を攫《さら》った。

「失礼致します。リュカ様はこちらにおいででしょうか」

「……あ、はい」

『リュカ』とは自分だということに未だ慣れていない龍一は、一瞬考えたあと、慌てて返事をした。と、扉が開き、身なりのいい若い男が兵士を数名引き連れ、中に入ってくる。

「皇帝陛下がお呼びです。浴室から連れてくるようにとのことでしたが、こちらにいらしたのですね」

「てめえは？」

重装備の兵士の姿を見て臆《おく》してしまっていた龍一のかわりに、相手に名を問うたのは聖女だった。

「名乗らず失礼致しました。侍従のカツラギです」

「桂木？　名字か？　見た目ガイジンだが」

聖女が首を捻《ひね》るのに、カツラギは意味がわからなかったらしく「は？」と戸惑った顔になっている。

「なんでもない。皇帝はこいつに一体なんの用事があると？」

リアクションから聞いても無駄と早々に判断したらしく、聖女が質問を変える。

「わかりかねます。ただ連れて来いと命じられただけですので」

カツラギは相変わらず戸惑った様子で答えたあとに、「あの」と訝《いぶか》しそうな目を聖女に向けた。

「クリスティーン様で間違いないでしょうか。お話とは随分ご様子が違うようにお見受けしますが……」

「えっ。あ、その……っ」

聖女が疑いの目を向けられたことに、本人以上に龍一は動揺し、なんとか誤魔化《ごまか》そうとした。が、それより前に聖女が――神代が右手を侍従に向かってかざしてみせる。掌から強い光が放たれ、侍従や兵士たちに浴びせられる。攻撃性はないはずだが、と戸惑っていた龍一の前で聖女は腰に手をやりどうだ、というように侍従たちに声を掛けた。

「浄化の力だ。疲れが吹っ飛んだだろう？」

「た、確かに……」

「昔の古傷まで治ってます……っ」

兵士たちが互いに顔を見合わせながら身体を動かしている。

「……大変失礼致しました。わたくしどもにまで貴重なお力をお使いいただくことになり申し訳ありません」

侍従が平身低頭して聖女に詫びている。

「なに、俺の……私の力ではない。神の力だ。礼を言われるほどのことはない」

聖女は実に堂々としていた。不遜《ふそん》といってもいいほどだが、強大な力の持ち主であることがわかっているので、不快な気持ちは湧いて来ない。

「それより、皇帝の用件を聞いてきてほしい。こいつが皇帝にどんな目に遭わされたか、よもや知らないとは言わないよな？」

「そ、それは……」

侍従は今や真っ青になっていた。怯えた目で龍一を見たあと、消え入りそうな声で答える。

「こ、殺されます。私が……」

「まさか」

眉を顰める聖女に龍一は「本当です」と、侍従のかわりについ、答えを返していた。

「気に入らないことがあるとすぐ剣を抜くので」

「とんだ暴君だな」

聖女の呆れた声を聞き、兵士も侍従も「ひっ」と悲鳴を上げる。

「も、もし陛下のお耳に入ったら……」

「こ、殺されます。我々も」

怯える彼らを前に、意味がわからない、と聖女が首を傾げる。

「なんでお前たちまで殺されるんだ？」

「この場にいた人間全員、死にかねないんです」

ひとたび剣を抜けば、殺戮《さつりく》の限りを尽くさずにはいられない。彼の進んだあとには草一本生えないというのは比喩《ひゆ》でもなんでもない——とゲームの説明にはあった、と龍一もまた真っ青になってしまいながら、神代に対し、これ以上は何も言わないでほしいと懇願した。

「地獄耳なのか？」

「お願いです、黙っててくださいーっ」

皇帝の住まう場所とは距離があるので、さすがに聞こえはしないだろうが、万一ということもある。ゲームの画面で見た残虐な殺戮シーンを生で見ることになるのは、なんとしてでも避けたい、と龍一は気持ちを固め口を開いた。

「皇帝陛下のもとに行って参ります」

「あ、ありがとうございます。それではこちらに」

あからさまに安堵《あんど》した様子となった侍従と兵士たちが、あっという間に龍一を取り囲む。

「おい、大丈夫か？」

神代が半ば心配そうに、半ば呆れたような顔で声を掛けてくる。

「と、とにかく用件を聞いてきます」

「気をつけろよ。まあ、気をつけようもないんだろうが」

やれやれ、というように溜め息を漏らしつつ、神代が龍一を見送ってくれる。

「いざとなったら戦えよ。『最強』なんだろう？」

「ひーっ」

神代の言葉に、侍従が悲鳴を上げる。ゲームでは皇帝は単体で出てきて、侍従や他の使用人の描写はほぼない。これだけ恐れられているのを目の当たりにし、龍一の中でますます皇帝への恐怖心が募ってくる。

聖女のかわりに陵辱をされたのは計算外の出来事だった。しかし傷は聖女が癒してくれたおかげで完治している。

果たしてどのような用件で自分は皇帝に呼び出されたのだろう。どう考えても聖女絡みだろうが、未だ、皇帝は聖女が男であることには気づいていまい。

聖女が陵辱されないよう、守り切ることができるだろうか——あれだけ態度の大きな姿を目の当たりにしているというのに、未だ『聖女』は龍一にとって守るべき存在だった。

なぜなら自分は『最強の騎士リュカ』だから。前世では経験したことのない、誰かを守りたいという感情が己の胸に渦巻いている。果たしてこれは自分のものか、それとも『リュカ』の感情なのだろうか。戸惑いながらも龍一は、その感情に突き動かされ、勇気を振り絞って皇帝のもとへと向かったのだった。

3

龍一は、皇帝はてっきり執務室などで待っているものだとばかり思っていた。なので連れていかれたのが寝所であるとわかったときには、嫌な予感しかしないとその場で青ざめてしまったのだった。

「遅い」

皇帝は既に服を脱いでいた。やたらと露出の高いガウンのようなものだけを身につけている。

にしてもすごい筋肉だと、逞《たくま》しい胸板に龍一の目は釘付けになった。ゲーム画面では見慣れたといっていい、黒地に金の刺繍《ししゅう》があるガウン。大きくはだけた胸元から覗く躍動する筋肉。躍動の理由は聖女に対する陵辱だったが――。

「何をしている」

いつしか思考の世界にはまり込んでいた龍一は、不機嫌な皇帝の声音にはっと我に返った。

「失礼いたしました。お呼びと伺いました」

その場に跪き、用件を問う。聖女について聞かれたら、間違いなく強大な浄化の力をお持ちなので、すぐにも北の地にお送りするのが望ましいと伝えよう。ゲームの内容からは離れるが、実際、北の地には魔物が出現しており、放置しておけばこの国の危機となる。

浄化の力で魔物を退ければ問題はないのだが、ゲームどおり聖女が城に留め置かれることになると、『最強の騎士』リュカを先頭に兵士たちが魔物退治に向かう必要が出てくる。リュカは『最強』なので死にはしないが、多くの兵士たちが犠牲になったストーリーを今、龍一は思い出していた。

名前もないような、そして顔もはっきり描かれていないような『背景』的集団が大量に命を失っていた。しかし実際は当たり前の話だが、一人一人が命のある人間だ。できることなら死なせたくはない。聖女が北の地に行きさえすれば、魔物は退散せざるを得なくなる。皇帝の興味が彼に向かないように、自分にできるかぎりのことはやろう。できないことでもやってみせる、と龍一は意気込んでいたのだが、耳に届いた皇帝の不快そうな声音は彼のそんな決意とはまるで無縁のものだった。

「服を脱いでここに来い」

「は？」

戸惑いから思わず高い声が漏れてしまったが、顔を上げた先、皇帝の顔色がさっと変わったのを見て、慌てて龍一は頭を下げた。

「し、失礼いたしました。その、聞き違いかと……」

「耳が悪いのか。早く服を脱げ。そして俺を慰めてみせろ」

「……は、はい……？」

もしや呼びつけられた理由は自分を性的にいたぶるためだったのか。自分を？　聖女ではなく？

ますます戸惑いが生じたが、皇帝が見るからに不機嫌になってきたのがわかったため、言われたとおりすぐに服を脱ぎ、彼の寝転ぶ寝台に上がった。

「し、失礼いたします」

「しゃぶれ」

皇帝がガウンの前を開くと、既に勃ち掛けている雄が露《あら》わになった。しゃぶれって。フェラチオをせよということか。経験は皆無だが、前世では異世界転生ものならエロゲーもエロ小説も読み込んでいた龍一には、性的なことに関する知識だけは人並み以上にあった。

歯を立ててはいけないのだった。口の中に含んで舌を動かす。そのためにはまず手に取って、と、雄を掴んだ瞬間、こ、これを口に入れるのかと、今更のハードルの高さに直面することになった。

書面で読んだり映像で見たりするのと、実際体験するのとは大違い。こうも生々しいとは、と、すっかり腰が引けてしまっている。

「どうした、できないのか？」

頭の上から皇帝の嘲笑が振ってくる。

「屈辱的だろう？」

どうも皇帝は『最強の騎士』であるリュカに対し、屈辱をこれでもかというほど味わわせたいようである。期待に応えないと何が起こるかわからない。しかし演技をする余裕はない。

取り敢えず今しなければならないのはフェラチオだ。

龍一に性的な経験が少しでもあれば躊躇いや嫌悪を感じたかもしれない。皆無だったことと、姿形が生前の自分ではなく、自分のよく知るゲームキャラであったことで、どこか他人《ひと》事《ごと》のように感じられていたため、精神的にさほど追い詰められずにすんでいた。

ともかく、やれというのだからやるだけだ。うまくできないとしても、もともと『リュカ』は攻略側のキャラなのだから許容範囲だろう。己にそう言い聞かせながら龍一は、特徴的すぎる臭いに臆しつつも、えいや、と気持ちを奮い立たせ、皇帝の雄を咥《くわ》えた。

「……っ」

うわ、と思わず声を上げそうになったのは、口の中でみるみるうちに皇帝の雄が存在感を増してきたからだった。

息ができない。しかも口の中には苦みが広がってくる。何もしなくても咥えていれば皇帝は勝手に達してくれそうだが、じっとしているときっと不快に思われる、と、やり方の正しさはともかく舌を動かしてみることにした。

「っ」

しかし数十秒も経たないうちに、皇帝は達した。口の中いっぱいに物凄い量の精液が溢れ、青臭さに吐き気が込み上げてきたものの、皇帝に後頭部を押さえつけられ、口から彼の雄を出すことができなくなった。

仕方なく、ごくりと音を立てて飲み込むと、またも口の中で皇帝の雄が一段と硬度を増したのがわかった。

「下手だな」

しかし彼の言葉は厳しく、満足度の低さを感じさせる。どうすれば彼の気持ちを上向かせることができるのか。上向かせなくても、現状を維持することができれば、聖女に害は及ばないのではないか。

もともと気弱な性格の龍一は、自分が今どう感じているかといったことを後回しにしがちな傾向があった。彼なりに思うことはあるのだが、優先すべきという気持ちにはならないのである。

そんな龍一からもっとも遠いところにあるのが『屈辱』だった。しかし皇帝はそれを求めている。どのようにしたら求められているものを表現できるのか。まるでわからないので仕方なく、言いつけに従い、フェラチオを続けることにした。

「少しもよくない」

しかし技術面での満足は得られなかったようで、不快そうに告げた皇帝は龍一の口から雄を引き抜いてしまった。

「あ……」

それなら次には何をすればいいのか。困惑から声を漏らした龍一は、身体を起こした皇帝に足首を摑まれ強く引かれたせいで、寝台の上に仰向《あおむ》けに倒されることとなった。

「傷がないな」

両脚を抱えられ、恥部を露わにされる。裂けてしまっていたそこは、聖女のおかげですっかり傷が癒えていた。

「じょ、浄化の力のおかげです」

傷がないことへの説明を求められたのかと思い、おそるおそる告げた龍一を、見下ろす皇帝の顔はますます不愉快そうになった。

「痛めつけられたところで堪《こた》えないということか。生意気な」

「あ、いえ、そんな……っ」

そんなつもりはなかった、と慌てて言い訳をしようとしたが、皇帝はその隙を与えなかった。

「二度とそんな口がきけないようにしてやる」

そう告げながらいきなり龍一の後ろに雄をねじ込んできたからである。

「……っ」

先程と同じく、いきなりの挿入に龍一の後ろは裂け、鮮血が滴った。痛みは感じたが慣れとはおそろしいもので、先程よりは苦痛は少なくてすんでいるようである。

そこから延々と突き上げが始まり、またも龍一はただ時が過ぎるのを待つしかなくなった。苦痛は勿論あるが、我慢できないほどではない。リュカの身体はそれだけ頑丈ということかもしれない。何せ『最強』なのだから。ぼんやりとそんなことを考えていた龍一は、不意に頬を張られ、はっと我に返った。

「ぼんやりするなんて余裕だな。俺に抱かれているというのに」

皇帝の機嫌を損ねたことはわかった。が、取りなす方法がわからない。謝罪だろうか。いや、謝罪をすれば、謝罪せねばならないことをしたということかと倍、責め立てるような性格だった。大人しくしてるしかない。耐えることにした龍一は、ふと、ゲームでは今の自分の役は聖女に割り振られていたことを思い出した。

聖女の反応はどうだったか。いや、やめて、と懇願しながらも、快楽に溺《おぼ》れてしまっていたように思う。酷い目に遭わされているのに快感を得ていることに違和感があったのを、同じ目に遭って改めて龍一は実感していた。

そして、と気づかれぬように皇帝の様子を窺《うかが》う。確かに彼の雄は萎えることを知らないように張り詰めている。が、皇帝が快感に溺れている感じはまるでしない。少しも楽しそうでもなく、ただ苛立ちをぶつけているように見える。自分が聖女であればまた反応も違ったのだろうかと考えるも、やがて苦痛が増してきて、思考どころではなくなっていく。

先程も気を失ったら放置された。今回もそれを狙うしかない。諦観から抵抗もせずにいた龍一はまたも頬を張られ、はっと我に返った。

「つまらん」

皇帝が龍一の上から退き、龍一の身体を寝台の下に蹴り落とす。

「……っ」

いきなりの行動ではあったが、さすがの身体能力で受け身はとることができた。それでもしたたかに肩の辺りは打ってしまったため、苦悶《くもん》の声を漏らした龍一を寝台の上から見下ろし、皇帝が一言命じる。

「下がれ」

「……は、はい」

返事をし、服を探す。と、すぐさままた皇帝の怒声が響く。

「今すぐここから出ていけ」

「は、はいっ」

服など身につけている暇はないということだとわかり、慌てて全裸のまま寝所を飛び出す。

扉の前に立つ護衛の騎士たちがぎょっとした顔になったが、声を掛けてくる人間は誰もいなかった。

さすがに恥ずかしさを感じながら、少しも早くもといた場所に戻ろうとするが、足を踏み出すたびに後ろに疼痛《とうつう》が走り、腿を伝って血が流れ落ちる。床を汚したことをあとから責められたらどうしようと案じながら、龍一はなんとか足を進め、ようやく聖女のいる建物に到着したときには精も根も尽き果ててしまっていた。

「また酷い目に遭ったなあ」

聖女はすぐに起き出してきて、『浄化の力』で龍一の傷を癒してくれた。

「素っ裸で放り出すとか、えげつない野郎だな、皇帝も」

呆れながらも龍一に、神官が着るようなローブを貸してくれる。

「これは？」

「ああ、北の地に行くのに仕度を頼んだら予備をくれた。連れていく人間の人選も任せてもらえるようだ」

「……いつの間に……」

ゲームでは今頃聖女は皇帝の寝所で陵辱されているはずだった。が、既に北の地に向かう手筈《てはず》を整えつつあるという。

「お前も連れていってやるよ。俺の護衛ということで」

「あ……りがとうございます」

「一応責任を感じているからな」

礼を言った龍一に聖女がそう告げ、肩を竦める。

「明日、ようやく皇帝との謁見がセッティングされた。すぐにも北の地に向かう必要があると強調するつもりだ。そうなりゃ、ここととはおさらばできる」

「明日までの辛抱ということですね……」

やれやれ、と龍一は溜め息を漏らした。こうして寝所を追い出されたのだから、皇帝は自分に対して執着など持っていないだろう。聖女のことを片時も離そうとしなかったゲームとの比較からそう判断した龍一は、待てよ？　と首を傾げた。

皇帝のもとを無事去れたとして、聖女はこれから誰ルートになるのだろう。自分が同行するとなるとリュカルートだろうか。しかしリュカは陵辱される聖女に救いの手を伸ばす役割だ。となると、北の地で魔物に攫われるとか？　それとも無事に神殿に戻ったあと、神官たちに輪姦されるほうか？

「何を考えている？」

いつの間にか一人の思考の世界にはまり込んでいた龍一に、聖女が声を掛けてくる。

「いや、皇帝ルートから逸《そ》れたとなると、これから誰ルートになるのかと……それがわかれば対処策も考えられるかなと思いまして」

「……お前は……底抜けにいい奴だな」

聖女が啞然とした顔になったあと、ぼそ、と言葉を発する。

「え？　どこがですか？」

何をもってそう言われたのかがわからず、龍一が問い返すと、聖女はますます驚いた顔になりつつ、説明をしてくれた。

「俺の代わりに皇帝に陵辱されたっていうのに、恨み言一つ言わず、それどころか俺の身の安全までまだ考えてくれるっていうんだろう？　そこまでしてくれる理由はなんだ？」

「理由……いや、特に理由はないというか、この世界のことを知ってるのが僕だけなので、僕がなんとかしないと、と……」

「感心だな。その責任感。頼もしいよ」

ありがとう、と聖女が礼を言い、右手を差し出してくる。

「一緒に転生したのがお前でラッキーだった。恩は返すぜ。リュカ」

ニッと笑った聖女の顔は、ゲームのような庇護欲《ひごよく》をそそられるものではなく、頼りがいのある『イケメン』に見える。ドキ、と鼓動が高鳴ることに戸惑いながらも龍一は、

「あ、ありがとうございます。ええと……クリスティーン」

と聖女に礼を言った。前世の名前とどちらにしようと迷った上で、自分を『リュカ』と呼び掛けてきたので、この世界でのほうを選んだのだが、聖女は不満だったようで、

「クリスティーンはなあ」

と難しい顔になっている。

「まるっきり女の名だからなあ。とはいえ男とバレるのはよくないから仕方がないのか」

「あ、すみません。確かリュカは聖女のことを『聖女様』と呼んでいたんでした」

実際はどうだったかと思い返し、聖女の名前を呼ぶのは攻略対象だけだったと龍一は思い出した。

「おう、それでいこう。『様』もいらないが、そういうわけにはいかないんだろう？」

「はい。この世界にたった一人の聖女様なので、さすがに……」

ゲーム内では陵辱されているだけだったが、設定としては北の地の穢れをたった一人で祓い、魔物の侵入を妨ぐことができるといった強い力の持ち主なのである。世界を救ってくれる相手ゆえ、敬われて当然なのだと聖女を見やる。

「たった一人か。責任重大だな」

聖女が一人頷いている。既に彼はこの世界で生きていくことを考えているようだと龍一は察し、さすが、と感嘆せずにはいられなかった。

正直、自分は今のところ、ただただ流されているだけで、何一つ自分で考えて行動していない。果たしてそれでいいのか。いいわけがない。

この世界での自分は『最強の騎士』。能力も備わっているはずなのだから、きっちり役割を果たすべきだろう。

これから意識を入れ替えねば。いつしか一人拳を握っていた龍一に、聖女が声を掛けてくる。

「色々助けてくれよな、リュカ」

「勿論です。僕にできることでもできないことでも、頑張ります」

固めた意志がそのまま口から零《こぼ》れ出る。

「頼もしいよ」

それを聞いた聖女は満足そうに頷くと、言葉どおり頼もしげにリュカの肩を叩いてくれたのだった。


翌日、龍一は聖女と共に皇帝との謁見の場に向かった。旅支度をした聖女は謁見後そのまま城を出る手筈を既に整えていた。

「ご命令どおり、これから北の地に向かいます」

皇帝を前にしても聖女はまったく臆さなかった。顔色一つ変えず、淡々と挨拶をし頭を下げるさまは、この世界では誰でも皇帝の顔色を窺うのが当然となっていることもあり、一種異様ともいえるものだった。

「教会からは、聖女一人で北の地の穢れを祓えると聞いているが本当か」

皇帝はそんな聖女に対して、実に淡々と振る舞っていた。美しさに見惚れることもなければ、傍《そば》に呼び寄せることもせずに、ただ聖女が果たすべき仕事について問うている。

「はい。私一人で穢れを祓うことができます。北の地に向かうまでの間の身の安全さえ保証していただければ」

聖女の堂々とした態度に、カツラギをはじめとする皇帝の臣下たちは皆、青ざめている。決して無礼ではないものの、皇帝を恐れていないことに対して皆、いつ皇帝が怒り出すか、ひやひやしているようだった。

「護衛の要請はそのためか」

「はい。魔物であれば退けることができますが夜盗の類からは逃れる術がありませんので」

「聖女に狼藉《ろうぜき》を働こうとする者はさすがにいないと思うがな」

皇帝が苦笑したのを見て、周囲の人間の緊張が一気に高まるのがわかる、と龍一は聖女の背後に控えつつ、密《ひそ》かに観察をしていた。

聖女が皇帝と対面する際にシナリオの補正力が働くのではと案じていたが、今のところ杞《き》憂《ゆう》に終わりそうである。思えば皇帝は未だ聖女が少年であることを見抜いていないので、性的な目を向けられることがないということかもしれない。

このまま、無事に立ち去ることができますように。ただそれだけを祈っていた龍一の耳に、聖女の凛とした声が響く。

「念には念をと思ったのです。それでは出発いたします」

聖女が皇帝に対し頭を下げたあとに、すっと立ち上がる。

「待て」

しかし皇帝はそのまま立ち去らせてはくれなかった。やはり足止めを食わされることとなるのかと、龍一は思わずごくりと唾を飲み込んでしまった。ぴく、と皇帝の肩が動いた気がするが、まさか自分の発したその音が聞こえてしまったのだろうかと身を竦ませているのは龍一ばかりで、聖女は相変わらず堂々と皇帝に問い返した。

「なんでしょう」

「『最強の騎士』リュカについては北の地までの護衛につくことを許可した覚えはない」

自分の名が出たことに、龍一はぎょっとし、息を呑んだ。間違いなく皇帝は今、自分を見ている。鋭い眼光を浴びることに耐えられず、龍一は俯いたままその場で固まってしまっていた。

「護衛が必要であることはご納得いただいたはずです」

聖女は一歩も退かず、きっぱりと皇帝に言い返す。家臣たちがますます青ざめる中、皇帝の怒声が響いた。

「くどい！　護衛はつけた。なんの不満がある！」

「不満ではなくお願いです。そもそも陛下が最強の騎士様にここまでの護衛を命じられたのではありませんか」

「くどいと言っている」

皇帝の赤い瞳が怒りに燃えているのがわかる。ゲームを知らない上に、直接皇帝の残虐さを目の当たりにしていないので、今にも彼が剣を抜きかねないことを理解していないのだと、龍一は察した。

聖女を殺せば北の地の浄化はできない。だから殺されることはあるまいと、神代は考えているのではないか。しかしそれをやってしまうのが暴君といわれる皇帝なのだ。浄化の力では剣を避けることはできない。

神代があくまでも『リュカ』を連れていこうとしているのは、皇帝に陵辱されないようにという配慮からだろう。結果として自分の身代わりにしたのを謝られたことからもそれがわかる。それだけに、死なせるわけにはいかないと、龍一はなんとか勇気を振り絞り、

「おそれながら」

と声を上げた。

「わ、私は残ります。聖女様」

「なんだと？」

龍一の発言を聞き、聖女が声を上げた上で龍一を見据えてきた。殺気溢れる皇帝と同じく、

否、下手をしたらそれ以上の眼光の鋭さに、思わず悲鳴を上げそうになり、堪える。

「何を考えている。この場に残れば……」

「だ、大丈夫です。なのでどうぞご出発を……っ」

震える声でなんとかそう告げる龍一を、聖女はじっと見つめていた。が、やがて溜め息と共に、頷いてみせる。

「わかった。すぐ戻る」

表情も声音も男前すぎる、と龍一が見惚れる中、聖女はニッと笑うと踵《きびす》を返し、部屋を出ていった。あとに護衛の騎士たちが続く。

女性騎士が多いことに、今更龍一は気づいた。聖女が申し入れたのか、それとも皇帝の配慮か。どちらにしてもかなりの人数であるので、北の地には無事に到着するのではないかと思われる。

北の地の穢れを祓うことができなければ、聖女が魔物たちに囚《とら》われるというシナリオもあったが、大丈夫だろうか。やはり護衛にはつきたかった、と溜め息を漏らしてしまっていた龍一の耳に、不機嫌極まりない皇帝の声が響く。

「何を見ている。来い」

「……っ」

振り返った龍一の目に飛び込んできたのは、皇帝の怒りに燃える赤い瞳だった。とり殺さ

れそうな眼差しに身体が竦むも、

「早くしろ」

と苛立った様子で命じられては、駆け寄り跪くしかない。

「大変失礼いたしました」

謝罪も必要だ、と頭を垂れた龍一に皇帝は信じがたい言葉を浴びせてきた。

「服を脱げ」

「……っ」

謁見の間であるこの部屋には、大勢の臣下がひしめいていた。ざわつく彼らは、だが、皇帝が一瞥《いちべつ》すると一様に口を閉ざし、室内に沈黙が訪れる。

「脱げといっている。お前は俺の犬だ。犬に衣装は必要ないだろう」

蔑みのこもった口調は、屈辱を与えたいためだろう。衆人環視の中で『最強の騎士』といわれた男が裸にさせられるのだ。屈辱を感じないわけがない。

しかしリュカの中身は龍一であるので、屈辱よりは恐怖が勝った。また『リュカ』は前世の龍一とは比べものにならないほど均整の取れたいい体つきをしているので、人前で裸になることに、それほどの羞恥も感じなかった。積極的に裸を見せたいというわけではないが、こんなに見事な身体なら堂々と見せられる。それで龍一は皆が静まり返る中、服を脱ぎ始めたのだが、皇帝はそんな彼の姿を睨むようにしてずっと見つめていた。

「犬が二本脚で立つか？　四つん這いだろう」

全裸になると皇帝は冷笑しつつ龍一に命じた。

「足下に来い」

四つん這いになると今度はそう命じてくる。辱めようとしているのは明白だったが、恐怖に囚われている龍一には未だその余裕はなかった。

言われたとおりに皇帝の前に進み、四つん這いのまま頭を下げる。

「こいつに首輪を用意しろ。今日から俺の犬だ」

皇帝の発言に侍従が「は」と返事をしたが、顔には動揺が表われていた。

「この国で最強の騎士を犬とは……」

「お気の毒すぎる」

ひそひそと囁《ささや》く声が龍一の耳に届く。当然、皇帝の耳にも聞こえていたようで、声のほうを彼が睨むとまたも室内は水を打ったように静まり返った。

「謁見は終わりだ。部屋に戻る」

言いながら皇帝が立ち上がり、龍一を見下ろす。

「来い」

「は、はい」

返事をすると、鋭い眼光が再び落ちてきた。

「犬が人の言葉を話すか」

「も、申し訳……」

謝罪をしかけたが、ますます皇帝の眼光が鋭くなったことで、慌てて言葉を呑《の》み込む。

「ワ……ワン？」

鳴けということか。おそるおそる犬の鳴き真似をすると、皇帝はなぜか一瞬目を見開いたあと、ふいと視線を逸らせ、歩き始めた。大股で進む彼についていくのに、四つん這いのままでは追いつかないが、立って歩くことはおそらく許されまいと必死で急ぐ。

開かれた扉の前で皇帝は龍一が追いつくのを待っていた。

「時間がかかってかなわん。立て」

「ワ、ワン」

返事はしていいのか、言葉を発することはまだ許されていないのか。わからなかったので犬の鳴き声で答えると、皇帝は頷き、踵を返した。正解ということかと安堵しつつ、龍一は立ち上がると皇帝のあとに続いた。

前世では龍一は別にいじめられっ子というわけではなかった。このような目に遭ったことは生まれてから一度もない。皇帝の言いなりになっているのは、死への恐怖からだった。銃で殺されはしたが、それまでの龍一の人生では『死』は完全に他人事だった。大好きな異世界転生ものの小説やゲームでは、前世で死んだ人間が主人公となるケースが多かったが、彼らの前世での『死』はあまりに簡単に語られるため、さほど重く受け止めたことはなかった。いざ、自分がその立場になってみて初めて、死への恐怖を感じた。この世界で死んだら次はどうなるのか。また女神が助けてくれる保証はない。銃で撃たれたときの痛みの記憶が残っていることも、死への恐怖を駆り立てる原因となっていた。皇帝はすぐに剣を抜く。剣で斬られたらどれほど痛いことだろう。

皇帝のようなキャラクターは、前世では当然ながらいなかった。全身から殺気を放っている彼の命令に従わねばという強迫観念が龍一から思考力を奪い、自分がこの世界では『最強の騎士』であるという認識すらできずにいるといった状態だった。

連れて行かれたのは、昨夜も呼ばれた皇帝の寝所だった。すぐに召使いが革の首輪を持ってきて、皇帝の命令でそれをリュカの首に嵌《は》め、部屋を出ていった。

「今日からここに住め」

皇帝はそう言うと、龍一の返事を待たずに部屋を出ていった。あとに従者たちが続く。

「…………」

一人、部屋に残されることになった龍一は、これからどうなるのだろうと溜め息を漏らした。と、ドアがノックされ、開いたドアの間からメイドが顔を覗かせる。

「あ、あの……騎士様、お食事をお持ちしました」

「ワ……ありがとうございます」

犬の鳴き声で答え掛け、慌てて礼を言う。

「……本当に痛ましい……」

年配のメイドは涙を堪えているようだった。ワゴンを部屋の中に入れ、小さなテーブルの上に料理を並べてくれたあとに、改めて龍一に向かい頭を下げる。

「聖女様のために我が身を犠牲にされるとは……どのようなお姿をされていてもあなたはやはり最強の騎士様です」

涙声でそう告げたあと、「失礼します」と深く頭を下げ、部屋を出ていく。

「いや、そんな……」

たいそうなものではないのだが、と龍一は身に余る彼女の賞賛の言葉に頭を掻いていた。いいように誤解されているが、単に自分は皇帝が怖いだけなのだ。しかし、そうか、『最強の騎士』になる前、リュカは『勇者』だったので、この世界の人々の人気は高いのだと、改めて設定を思い出す。

とはいえ、本当に剣を振るえば『最強』であるのか、正直、その自信は龍一にはなかった。運動神経は人並みかそれ以下で、当然ながら剣を持ったこともない。

たとえ『最強』であったとしても、あの皇帝を倒せる気などしない。彼の赤い瞳に睨まれるだけで足が竦んでしまうのだ。ゲームの中でリュカはよくできたなと感心し、愛の力か、と話の筋を思い出す。

皇帝が倒されたあと、この国はどうなったのだろう。陵辱シーンは微に入り細に入りといった感じで描写されていたが、それ以外は本当に設定が甘かったなと、龍一は肩を竦めた。もしも皇帝が倒されたら、そのあとにこの国を統治するのは誰なのだろう。皇太子など出てこなかったが、どこかにいたりするのだろうか。

ぼんやりとそんなことを考えていた龍一の脳裏に、皇帝の恐ろしい赤い瞳が蘇る。

そもそもなぜ彼は暴君になったのか。ふと芽生えたその疑問に関する答えはまるで浮かばなかった。

本当に設定が甘いと呆れながらも龍一は、なぜ自分がそんな疑問を持ったのだろうと、首を傾げずにはいられなかった。

4

その日から龍一は、皇帝の寝所で彼の『犬』として暮らし始めた。

日中、皇帝はまるで姿を見せないが、夜遅くに訪れ、荒々しく龍一を抱く。最後まで意識を保っていられることはまずなく、苦痛から気を失ってしまうのが常なのだが、翌朝目覚めたときには皇帝の姿は既になく、何もすることがない長い一日が始まる——といった感じだった。

皇帝が多忙であることを教えてくれたのは、龍一の世話を任されたと思《おぼ》しき、初日に食事を運んでくれた年老いたメイドだった。

「謁見や会議の時間以外は、ほぼ執務室にいらっしゃいます。よかったですよ。顔を合わせる時間が少なくすんで……」

メイドは龍一に同情的だった。聖女が不在の今、夜の行為で負った傷の手当てをしてくれるのが彼女であるため、痛ましく思ってくれているようだと、龍一はそう推察すると同時に、皇帝が真面目にその役を果たしていることを意外に思った。

ゲームでの皇帝は、聖女の陵辱しかしていなかったが、それは聖女目線だからで、自分のいない場面の皇帝を聖女が知るはずはなく、聖女といるときにはほぼ陵辱していたということなのだろう。

そもそも皇帝はどんな人物なのか。今更の興味を覚え、龍一はメイドに問うてみることにした。

「陛下について、ご存じのことを教えていただけますか？」

「いや、ほとんど存じ上げませんよ。それに下手なことを言えば文字どおり首が飛びますのでね」

「文字どおり……」

剣を振るったということだろう。そんな場面を見てしまっては何も言えないのも納得できる、と、龍一は質問を切り上げようとした。が、メイドはリュカに対して非常に同情的らしく、話を続けてくれたのだった。

「私なんぞが直接かかわることはありませんので噂《うわさ》ですけれども、逆らう人間は身内だろうがなんだろうが斬って捨てるそうですよ。まあ、帝国がこうも早いタイミングで統一されたのもそのおかげではあるんですがね。争いの火種になりそうな人間は皆殺しにされておりますので」

「国の平和は保てているということですね……」

「ええ。騎士団の手には負えない魔物の襲撃に備えて、早々に聖女様を呼び寄せてくださったりもしますしね」

「なるほど……」

朝から晩まで真面目に仕事をこなしているし、暴君としての顔だけではなく、名君の一面も持っているということか。やはりゲームの印象だけで判断しては駄目なのだなと心の中で呟く龍一の耳に、メイドの声が響く。

「素晴らしいおかたであることは間違いないと思うんです。ああも残忍でいらっしゃるのは先王様のお仕打ちも影響しているのでしょうし」

「先王？　陛下のお父上ですか？」

皇帝のバックグラウンドなどまるで知らない。おそらく皇帝は世襲ではないかと思うのだがと問い掛けると、メイドは痛ましそうな表情で頷き、話を続けた。

「先王様にはお子様が三人おられたんですが、陛下のみ、ご自分と髪と目の色が違われたんです。気まぐれで手をつけた黒髪のメイドが陛下の母親だったのですが、陛下を産んですぐに亡くなりました。父親からは捨て置かれ、二人の兄からは虐げられる日々を送っていたと聞いています」

「それで陛下が父親と兄を手にかけたと、そういうことですね？」

そこはゲームの設定で読んだ気がする。確認を取るとメイドは「はい」と頷き、溜め息を漏らした。

「先王様に追従していた家臣も全員殺されました。正直、先王様の統治下では不満を持つ者も多く、権力を巡っての小競り合いもよく起こっていましたが、今は帝国内は本当に平和です。城内には緊張感が溢れておりますけれどね」

年の功といおうか、メイドは実に物知りだった。ゲームの中の解説役のようだと思いつつ話を聞いていた龍一の前で、メイドが、はっとした顔になる。

「お喋りがすぎましたね。くれぐれもここだけの話ということでお願いしますね」

そそくさとメイドが出ていったあと、龍一は今聞いた話を一人反芻《はんすう》していた。

皇帝は家族から愛情を受けることなく成長した。父親や兄たちを手にかけたのは、それだけの目に遭っていたから、という理由もあったようだ。愛を知らないから、示しようがなかった。聖女を繋ぎとめるのに、陵辱という手を選んだのはそのためだったのか——そんなバックグラウンドが明らかになっていれば、プレイヤーの印象も随分違うだろうに、勿体《もったい》ない、と首を横に振ったあとに、自分のことはどんな風に思っているのだろうという疑問が龍一の中に芽生えた。

ゲームでは聖女に執着していたが、今、皇帝が手元に置いているのは自分である。毎晩、酷い目に遭わされると思っていたが、もしやこれは示し方がわからない愛情の表われだったりするのだろうか？

「いや……ちょっと違うような……」

口から思わず言葉が漏れてしまったのは、いたたまれないような気持ちが胸に押し寄せてきたからだった。

愛を知らないのは自分も同じである。皇帝のように家族に虐げられて育ったわけではないが、彼女いない歴イコール年齢の龍一は、恋愛がどんなものだか、具体的にはまるでわかっていないのだった。

特定の誰かを好きになったこともない。ゲームや小説、それに漫画のキャラに惹《ひ》かれることはよくあるが、それは恋愛感情というより『推し』。応援したいという気持ちにほかならなかった。

皇帝が自分に執着をしているかどうかは、龍一にはよくわからなかった。

『屈辱的か？』

必ず聞かれる言葉はそれであることから、皇帝が自分に屈辱を与えることで満足を得ようとしているのはわかった。期待に応えるため、それらしく見える素振りをするが、演技だとばれるのか満足を得られたことはない。それが執着や愛情の表われであるかは、やはり龍一にはよくわからなかった。

その夜も皇帝は遅い時間に寝所に戻り、寝台でうつらうつらしていた龍一にのし掛かってきた。

「ご主人様より早く寝るとは。生意気な犬だな」

これは行為のスタートのサインで、初日にこう言われたので二日目はベッドには横たわらず、近くの椅子に座って待っていたのだが、寝ていろと命じられ、翌日からはベッドに逆戻りしたのだった。

「……ワン」

申し訳ありません、と気持ちを込めて一声鳴く。明かすことはすまいと考えていたが、実際、犬の鳴き真似をすることは龍一にとってありがたくもあるのだった。何か問われても考えて答える必要がない。鳴き真似をしているときには、皇帝からも話し掛けてくることはあまりなく、乱暴に行為をしかけてくるのが常なのだが、今夜は少し勝手が違った。

「聖女一行が北の地の浄化に成功したそうだ。王都に引き返すとの伝令が来た」

「…………」

聖女は無事に役目を果たすことができたのか。彼もまた無事なのだろうか。神代には出発前に覚えているかぎりのゲームのシナリオや登場人物について伝えてあった。攻略キャラには気をつけると言っていたが、気をつけたところで、もし遭遇してしまったら身を守る術はあるだろうかと心配になる。

共に過ごした時間は短かったが、神代は前世ではヤクザの若頭というだけあり、豪胆な見た目と性格をしていることは龍一にもよく伝わってきた。しかし『聖女』には腕力がない。物理的な攻撃を受けた場合のダメージは大きい。

なんといってもここは聖女が陵辱されるＢＬゲームの世界なのだ。聖女の身は常に危険に晒《さら》されているといっていいだろう。一日も早く無事な姿を確認したい。早く戻ってくるといいと願わずにはいられない。

そんなことを考えていた龍一は、皇帝に話し掛けられ、はっと我に返った。

「聖女に会いたいか」

「はい……あ、ワン」

ちょうどそのことを考えていたため、普通に返事をしてから慌てて犬の鳴き声に直す。と、皇帝は溜め息を漏らしたかと思うと、じろ、と龍一を睨み口を開いた。

「犬はもう飽きた。普通に喋れ」

「……わ、わかりました」

飽きたとは残念だと、龍一はかなり真剣に落ち込んでいた。また答えの内容を熟考しなければならなくなる。気に食わないと酷い目にも遭わされるだろう。

『最強の騎士』の身体が頑丈でよかった、とひっそりと心の中で呟いた龍一に、相変わらず不機嫌そうな声で皇帝が問い掛けてくる。

「聖女に会いたいかと聞いた」

「無事を確認したいです。聖女様も、騎士の皆も」

『会いたい』というと、聖女にも迷惑がかかることになるのではと龍一は案じた。皇帝にと

って の自分は奴隷のような存在ではないかと思う。奴隷が主人以外の人間に興味を持つと主人は怒るのではと、数多くのゲームや書籍から学んだ知恵からそう推察したのだった。

とはいえ『会いたくない』と言えば嘘になる。嘘は更に皇帝を不機嫌にすること間違いなしゆえ、無事であるかが気になっていると言えば、人道的見地からと思ってくれるのではないかと考えた。

どうやら正解だったようで、皇帝が淡々と答えを口にする。

「無事だと聞いている。一人の被害もなかったとのことだ」

「よかったです……」

神代のことだからきっと上手《うま》くやるに違いないとは思っていたが、聞くとやはり安心する。自然と笑顔になっていた龍一の頬に皇帝の手が伸びてきた。

「なぜ笑う」

「あ、あの……安心したからです」

笑ってはいけなかったか。慌てて表情を引き締めようとした頬を皇帝の手が包む。

「聖女の身を案じていたが、なぜ案じる？　聖女に気があるのか？」

びく、と龍一の身体が震えてしまったのは、頬にあたる掌の冷たさからと、自身を厳しく見据える皇帝の視線の鋭さからだった。

「美しい女だったからな。惚《ほ》れたのか？　相手は聖女だぞ」

いかにも馬鹿にしたように冷笑を浮かべているが、皇帝の眼差しは相変わらず鋭かった。答えを間違えれば今夜受ける責め苦が増す。できればそれは避けたい、と龍一は必死で考えを巡らせ、口を開いた。

「せ、聖女様を邪《よこしま》な目で見ることなどできません。私にとってあのかたは強く逞しくかっこいいというか……」

実際、聖女の中身はヤクザの若頭、神代であるので、龍一の言葉に嘘はない。しかし皇帝の抱く聖女のイメージとはかけ離れていたようで、ますます眼光が鋭くなった。

「口からでまかせを言うな」

「でまかせではありません……！　北の地の穢れを一人で祓える、強大な力をお持ちですし、その……凄いかただと尊敬しています」

皇帝の気に入る答えを探りつつ、嘘や誤魔化しも見抜かれると自分にとっての真実を必死で告げようとしていた龍一から、皇帝の視線がふっと逸れた次の瞬間、思いもかけない言葉が耳に響いた。

「……尊敬か。確かに帝国民の役に立っているからな」

ぽつ、と呟く皇帝の声はおそらく、自分に聞かせようとしたものではなかったのではないかと龍一は感じた。心の声が漏れたのだろうか、と、つい、皇帝を窺ってしまう。

「なんだ」

視線にはすぐ気づかれてしまい、ますます鋭くなった眼光を浴びせられる。すっかり萎縮してしまっていた龍一は、世辞に取られるかもしれない可能性は大きいとわかりながらも、賞賛の言葉を告げずにはいられなかった。

「へ、陛下も帝国民のためになることに毎日尽力されています。陛下のことも尊敬しています。勿論」

「なんだと？」

あまりに不快そうな声が皇帝の口から放たれる。しまった、地雷だったのかと絶望的な気持ちになりながらも、嘘は言っていない、と龍一は必死にまくし立てた。

「ほ、本心です。毎日早朝から深夜まで働かれていますし、この国が平和を保っていられるのも陛下のおかげだと帝国民は皆、そう認識しています。尊敬します、本当に」

「国を守るのも民を守るのも皇帝の義務だ」

言い捨て、皇帝がふいと横を向く。機嫌を損ねたのかと龍一は案じたが、もしそうであれば既に皇帝による仕置きが始まっているはずだった。どうして何も起こらないのかと疑問を覚えた次の瞬間龍一は、皇帝の耳が朱に染まっていることに気づいた。

照れている――？　キャラじゃないがそうとしか思えない。とはいえ指摘すればどんな恐ろしいことになるか、想像に難くないため、龍一はそのまま口を閉ざしていた。

暫《しば》しの沈黙が流れる。

「……俺は守れているか？　国も民も」

ぼそ、と皇帝が呟くように告げた言葉が、寝所内に響く。

「はい。帝国の平和は陛下のおかげです」

先程と同じ言葉を繰り返すことになり、龍一は、皇帝の不興を買うのではとそっと彼の様子を窺った。

「……本当に？」

皇帝が確認を取ってくる。何が起こっているのか、咄嗟《とっさ》には理解できず、龍一は一瞬固まった。が、俯いた皇帝の肩がぴく、と動いたことで我に返り、慌てて言葉を発する。

「本当です。嘘などつきません」

「……そうか」

聞こえないような声で皇帝は呟くと、そのままごろりと寝台の上に寝転がった。

「何をしている。寝ろ」

呆然とその姿を見下ろしていた龍一に皇帝が手を差し伸べる。

「は、はい」

皇帝の目つきは相変わらず悪かった。が、いつものような眼光の鋭さはあまり感じられないような気がした。言われるがまま彼の隣に横たわると、皇帝は寝返りを打ち、そのまま腕の中に龍一を抱き込んだ。

「……っ」

抱き締められたことなど今までなかったがゆえに、思わず息を呑んでしまった龍一の耳元で皇帝が囁く。

「なぜお前は俺の言いなりになる。その気になれば俺など斬り捨てるのは容易だろうに」

「……そんなことは……」

最強の騎士、リュカならそのとおりなのかもしれないが、中身が龍一であるため、どう考えても不可能だった。皇帝を前にすると足は竦み、身動き一つとれなくなる。殺されることはあっても殺すことなどできようはずがない。正直に答えたとしても、あり得ないと怒りを買うと予想できたため、龍一は考えに考えた挙げ句、先程の会話を繰り返すことにした。

「陛下を尊敬しておりますので。それに帝国の平和には陛下がいらっしゃらないと……」

「尊敬……帝国の平和……」

ぽつ、と皇帝が、龍一の告げた単語を口にする。

「それが理由か」

「……は、はい……」

求めている答えではなさそうなのに、不快そうな声音ではない。果たしてどのような心境でいるのかと知りたくなったが、胸に抱かれているため、少し離れて顔を上げないかぎり皇帝の表情を見ることはできない。

「抱かれるのはいやか」

　身体が強張ってしまっているからか、皇帝は今度、そんな質問をしてきて龍一を戸惑わせた。

「い、いえ、別に、嫌ということはありません」

『抱かれる』を今の、抱き締められている状態と判断し、答えた龍一は、己の誤解をすぐに思い知ることとなった。

「だがお前は少しも気持ちよさそうではない。つらそうにしか見えないが、本当にいやではないのか？」

「……は、はい」

　毎夜の陵辱について聞かれたのか、と今更察しはしたものの、『いや』とはやはり答えられなかった。

　実際、好ましいとは全然思っていなかったし、『いや』以外の感想を抱いたこともなかった。我慢していればそのうち気を失う。それまで耐えればいいと思って過ごしてきたが、そのまま答える勇気はやはり、龍一にはなかった。

「好きか、俺が」

　またも思いもかけない言葉が皇帝の口から発せられる。龍一はつい『えっ？』と声を上げそうになったが、それより前に皇帝の、己の背を抱く手にぐっと力が籠もったため、なんとか声を出さずにすんだ。

好き？　いや、陵辱した相手を好きになるとか、普通に考えてないだろう。

今まで自分にした行為を思い返してみてほしい。裸に首輪で犬扱い、自分の性欲だけを発散させようとする一人勝手な行為。しかも肉体的にこれでもかというほど苦痛を伴う。

生粋《きっすい》のマゾヒストであるなら、好きになったかもしれない。しかし自分は違う。とはいえ『いいえ』と答える勇気はなく、どうすればいいのだと龍一はその場で固まってしまった。

「……好きではないのだな」

沈黙をそうとったらしい皇帝が、ぼそりと呟く。その声音はあまりに力なく、違和感から龍一は伏せていた目を上げ皇帝を見やってしまった。

「俺を好きになる人間など、この世にいるはずがないからな」

目が合うと皇帝はいつものような蔑みの視線を浴びせてきた。が、やはり声には元気がないように感じられた。しかも告げられた内容はいつもの彼らしくない卑屈な響きすらあり、戸惑った龍一はまたも何も言うことができなかった。

「つまらん」

ぽつ、と皇帝が呟き、寝返りを打って龍一に背を向ける。

「………」

何が起こっているのか、正直なところまったく龍一にはわかっていなかった。皇帝が弱気に見えるが、一体何があったというのだろう。

『尊敬している』と言ったら機嫌が上向いたように見えた。『好きか』と聞かれて答えられなかったら、不機嫌になるかと思いきや、元気をなくしてしまった。

もしや『好き』という言葉を望んでいたのだろうか。そんなキャラだったたか？　龍一は必死で前世でプレイしたゲームの記憶を呼び起こした。

皇帝ルートではただただ聖女を陵辱していただけだった。今、皇帝に陵辱されているのは龍一だが、ゲームの聖女と違う点としては、聖女は陵辱されるうちに性的快感に溺れていき、そんな自分を許せず苦悩するというところではないかと思う。自分は快感を覚えていないし、『聖女』ではないので快楽に溺れる自分を許せないという発想はない。

皇帝に殺されたくない。願いはそれだけだった。第二の人生は始まったばかりなのだ。第三の人生があるかは不明だし、できることなら長生きしたい。しかも『最強の騎士』という恵まれた資質を持っているのだ。持っている能力をいつかは発揮してみたい。

それだけに命は大切にしたいのだった。と、龍一は自分に背を向けてしまった皇帝を見やった。

酷い目には遭わされる。が、ゲームの聖女のように泣いたり拒絶したり、そして見るからに快感を覚えたり、自責の念に駆られたりしていないので、苛《いじ》め甲斐《がい》がないのだろうか。

あまりに素直に従うので『好きか』と聞かれたのか。もし『好きです』と答えたらどういう話の流れになったのだろう。

いや。自分もまた攻略キャラなので、攻略キャラ同士に何かが起こるということはないのではないか。だとしたらあの『好きか』の意味は？

考えているうちにすっかり混乱してきてしまった龍一は、思考を諦め寝ることにした。自ら眠りにつこうとするのは何日ぶりだろう。いつも行為に耐えかね気を失っていたから、と思いつつ、皇帝の横に横たわったまま目を閉じる。と、ベッドが軋《きし》んだかと思うと背を向けていたはずの皇帝の腕が伸びてきて、胸に抱き寄せられた。やはり今日も陵辱からは逃れられなかったかと龍一は身を固くしたが、抱き寄せられただけでそれ以上、皇帝は何もしようとしなかった。

「？」

皇帝の体温に包まれながら、龍一は密かに首を傾げた。規則正しい呼吸をしているが、皇帝が寝ている様子はない。薄く目を開いて顔を見上げると、皇帝は目を閉じていた。

寝たふりをしているのか？　それとも眠ろうとしているのか？　どちらにしても不思議な感じがする、と思いながらも、声を掛ける勇気が出るはずもなく、龍一も目を閉じた。

人肌の温《ぬく》もりが眠りを誘い、うとうとしてきてしまう。日々、命の危険を感じるほどに恐れを抱いていた皇帝に抱き締められているのに、なぜこうも安らかな気持ちになるのか。常に皇帝が全身から放っている殺気や怒気が感じられないからだろうか。

龍一の脳裏にふと、メイドから聞いた話が蘇る。皇帝は幼い頃から、虐待されていたという。長じて己を虐待していた人間をすべて粛正し今の地位に就いた彼は、今まで誰かの愛情に触れたことはあったのだろうか。

陵辱からは愛は生まれない。だから聖女も皇帝のもとを逃げ出すことを望んだ。しかし皇帝は愛情の示し方を知らなかっただけで、ゲームの中でも本当は聖女を愛していたのかもしれない。

愛する人を傍《そば》に留め置く術を彼は知らなかった。なので力に訴え掛けた。ゲームのプレイヤーは『聖女』役であるので、皇帝の心情は彼が明かさないかぎりはわからない。聖女はただただ、陵辱に苦しみ、皇帝を恐れていたから、龍一も皇帝に対しては同じ気持ちしかなかった。

しかし——。

今、自分を抱き締め、寝ているふりをしている皇帝はどのような気持ちでいるのだろう。まさかと思うが自分に愛を求めているのだろうか。

『好きか、俺を』

もしあのとき『好き』と答えていたのなら何かが始まったのだろうか。

いや、何を始めるつもりなんだ、自分は、と、龍一は我に返り、己の思考に首を傾げた。

ここは陵辱系ＢＬゲームの世界だが、自分も皇帝も、そして神代が中に入った聖女も勿論生きた人間である。ゲームは進行が気に入らないとリセットできる。龍一自身、リセットをすることはズルのようで好まなかったが、エンドを迎えたあとには、別のルートを当然のように選択し、プレイしていた。

しかし今、自分がいる場所では、リセットなど不可能だろうし、『新しいルート』に進むことなどない。一度きりの人生を生きるのだから慎重にいかなければならないだろう。

慎重に――どのようにすれば慎重な生き方ができるか、見当がつかない。命が続くようにということで、皇帝には逆らわず、言われるがままにしてきたが、このままの状態がずっと継続するとは、龍一には思えなかった。

ゲームのストーリーから随分と逸脱してしまってはいるが、普通に考えて、人は飽きるものである。皇帝が自分に飽きて手放すことは容易に想像がついた。『手放す』イコール死、とならないように気をつけること、それしか自分にはできないと考えていたが、それが本当に正しい選択なのだろうか。

正しくなかったらやり直せばいいのだが、相手が皇帝となると失敗は即、死亡に繋がる可能性が高い。そういう意味では慎重さは重要ではあるのだが、ただ身を竦ませているだけではなく、自分から少し働きかけてみようかと、龍一はそう考え始めたのだった。

その夜はそのまま寝てしまったのだが、目覚めたとき、未だ皇帝は龍一の隣にいた。

「あ……おはようございます」

半分寝ぼけていたこともあって、龍一は己を見つめていた皇帝に、ごく普通に挨拶をしてしまった。皇帝の眉がぴく、と動いたあと、すっと手が伸びてきたことで我に返り、何をされるのかと恐れつつも、馴れ馴れしさを詫びようとした龍一の耳に、皇帝の掠《かす》れた声が響く。

「……おはよう」

「……？」

ぼそ、と呟くその声にはいつもの迫力がなかった。どうして、と、恐怖から閉じてしまっていた目を開き皇帝を見る。龍一の目には皇帝が戸惑っているように映っていた。目の縁と耳が赤い気がする。照れているのだろうか。まさか、いや、しかし、と混乱してしまいながらも龍一は、何か話したほうがいいだろうかと口を開こうとした。が、その直前に皇帝が喋り始めたので、緊張感を高めつつ耳を澄ませた。

「よく眠れたか」

「あ、はい。ぐっすりと」

まさか気遣ってくれているのか。今までにないことだったので戸惑いまくったが、自分からも聞いたほうがいいだろうと、問い掛けてみる。

「陛下はよく眠れましたか？」

話し掛けてから、もしや自分から話し掛けるのはＮＧだっただろうかと、この世界でのマナーや常識を思い返す。数え切れないほど異世界転生ものを読んでいるので、ごっちゃにはなっているが、身分の高い人間には低い人間から話し掛けるのはマナー違反ということが共通だった。

「し、失礼しました。ご無礼を」

自ら仕置きのネタを提供してどうすると、慌てて起き上がり、頭を下げた龍一の横で皇帝も起き上がり、すっと手を伸ばしてきたかと思うと顎をとらえられ、上を向かされてしまった。

「無礼ではない。俺もよく眠れた。ここ数年なかったほどに」

無愛想な声音や表情ではあったが、不快に思っている様子はない。顔を見るにやはり照れているようにしか思えないのだがと心の中で呟きつつ、龍一は、

「よかったです」

と微笑《ほほえ》んだ。やはり前世で数え切れないほど読んだ異世界トリップものの小説や漫画からの知識になるが、皇帝キャラはたいてい、国を治めるという重責に孤独に耐えているという設定が多い。今の話ではこの皇帝も眠れぬ夜を過ごしてきたようだから、安眠できたのであれば本当によかったという気持ちが自然に言葉になって零れたのだが、それを聞いた皇帝がまた、無愛想な声で新たな問いを発してきた。

「なぜ笑う。嬉《うれ》しそうに見えるが」

「ええと……陛下が安眠できたと仰《おっしゃ》ったので、よかったなと思いまして……」

「……ふん」

いつになくスムーズに会話が進んでいく。昨日まで『ワン』と鳴くことしか許されていなかったので、二人の間では会話はほぼ成立していなかった。やはり意思の疎通が図れるのは嬉しいものだという満足から、ますます頬が緩んでしまう。

にやにや笑うなと言われるかもしれないのでこのあたりで堪えておこうと、龍一は口を閉ざすことにした。

「起きる」

皇帝は相変わらずぼそりとした口調でそう言うと、言葉どおり起き上がり寝台を降りた。毎朝、気づいたときには皇帝は部屋からいなくなっていたため、どのように見送ればいいのかわからず、寝台の上で上体を起こしたまま龍一はただ、皇帝の背中を目で追っていた。が、声くらいは掛けたほうがいいだろうと思い、口を開く。

「い、いってらっしゃいませ」

皇帝に対する口の利き方がよくわからない。『皇帝』が出てくる小説やゲームの世界を再び必死で思い返していた龍一の目の前で皇帝の足が止まり、振り返る。

「お前も来い」

「……は？」

意味がわからず問い返したあと、不遜だったかと気づいて青ざめる。

「朝食を共にとる。仕度をさせるから待っていろ」

幸いにも皇帝は不快にならなかったようで、それだけ言うと踵を返し寝室を出ていった。

「……？」

呆然としていた龍一だったが、皇帝とほぼ入れ違いに五人のメイドが部屋に入ってきたため、ぎょっとしその場で固まった。

「お支度を。まずはご入浴ですね」

主に世話を焼いてくれていたいつもの年配のメイドが声を掛けてきて、そのまま浴室へと連れていかれ身体を洗われる。

いつもは自分一人の入浴だというのに、と、戸惑いが大きかったため、されるがままになっていた龍一だったが、まるで貴族が着るような肌触りのいいシャツにズボンという服装をさせられた上で、髪まで整えられるにあたり、何かの間違いに違いないという確信を抱いた。

「すみません、このようなことをしていただく理由が、その……皆さんが罰を受けないか心配なのですが」

皇帝陛下の怒りを買うのが自分だけならいい。メイドたちにまで及ぶのは気の毒すぎる。

何せ皇帝は人の命を奪うことに何の躊躇《ちゅうちょ》も覚えないキャラクターだから、と龍一はメイドたちを案じたのだが、年配のメイドは、

「すべて陛下のご命令ですから。ご安心ください」

と、自分たちへの配慮に感謝しつつ微笑み答えてくれ、ますます龍一を戸惑わせた。

仕度を終えると皇帝の侍従が部屋の外で待っており、龍一を皇帝の待つ食堂へと連れていった。

「遅い」

皇帝がきつい眼差しを注いでくる。

「も、申し訳ありません」

長い食卓の最上座には皇帝が一人で座っていた。もう一つの席は最下座にしつらえてある。朝食は二人なのだろうかとつい、龍一は周囲を見渡してしまった。

「何をしている。早く座れ」

皇帝に不機嫌そうに命じられ、龍一は我に返ると返事をしてすぐに席についた。

「遠いな」

向かい合った席から皇帝が更に不機嫌そうにそう告げたあと、傍にいた給仕係と思しき男に命じる。

「ここに席を移せ」

皇帝が『ここ』と指さしたのは、自分から一番近い席だった。

「はっ」

室内は一瞬ざわめいたが、素早い動きで皇帝の望みどおりに、龍一に席を移動させた。

龍一が席につくと、皇帝は、よし、というように頷いたあと、ナイフとフォークを手に取った。ちらと視線を送られたので、彼に倣い龍一もカトラリーを手に取り、食事を始める。

この世界の食事は、前世のフランス料理に近いと龍一はとらえていた。宮殿内だからこそで、街の中ではまた違うのかもしれない。そう思いながら、朝から分厚いステーキにナイフを入れていると、横から皇帝が話し掛けてきた。

「これからは食事を共にとる。食事だけではない。すべての行動を共にする。いいな」

「え？」

何を言われたのかがわからず、龍一が問い返した瞬間、室内がざわついたあと、怖いほどの沈黙が訪れた。

「あ、あの、すみません。はい」

皇帝に聞き返すなど、無礼もいいところである。この瞬間にも剣を抜かれるのではないかと使用人たちは皆一様に緊張しているようだった。確かにそのとおりだ、と龍一は慌てて返事をしたあと、深く頭を下げた。

「承諾したということだな？」

しかし恐れていた叱責《しっせき》はなく、聞こえてきたのは上機嫌な皇帝の声で、またも食堂内は謎の緊張に包まれた。

「は、はい」

「常に傍にいろ。お前は俺の騎士だ。『最強の騎士』が仕える相手として俺ほど相応《ふさわ》しい男がいるか？」

「………………」

悠然と言い張った皇帝に対し、龍一は唖然としたせいでまたも返事が遅れてしまった。

「ま、まことに」

「おおせのとおりで」

龍一のかわりとばかりに侍従たちがこぞって皇帝を讃《たた》えてみせる。

「あ、ありがたき幸せ」

彼らの慌てぶりを見てようやく龍一は、自分がなすべきことが何かを察することができた。椅子から転がり落ちるようにして跪き、皇帝に対し深く頭《こうべ》を垂れる。

「食事の途中だ。座れ」

そんな龍一に対し、皇帝は短くそう言い捨てると、言葉どおりナイフとフォークを動かし始めた。

「は、はい」

言われたとおりに龍一はまたも慌てて席につくと、中断していた食事を始める。

緊張で味などわからない。一体何が起こっているのかと戸惑いまくっていた龍一に、皇帝が尚も声を掛けてくる。

「食事のあとは庭を散策する。ついて来い」

「は、はい」

犬から騎士に格上げされたということだろうか。しかし立場としては変わらないと、そういうことか。会話ができるようになっただけ、少しは関係が変わってきたと思っていいのか。まるで判断がつかないことに焦りを覚えながらも龍一は、第二の人生をできるかぎり長く生きられるよう、努力は続けようと改めて己の意志を固めたのだった。

5

朝食後、庭を散策する皇帝に龍一《りゅういち》は付き合ったのだが、それが皇帝の日課ではないようだと察したあとには、なぜに？　と首を傾《かし》げることとなった。

どうやら自分に庭を見せようとしているようだが理由はさっぱりわからない。とはいえ緑や美しい花々には癒される、ときょろきょろしているうちに、謁見の時間となったようで、皇帝は龍一を伴い謁見の間へと向かっていった。

謁見が始まる直前に、龍一は皇帝からそれまで使っていた剣を渡された。返してくれた理由は『騎士』としたからだろうと龍一は判断したが、腰に剣を差していると自然と安心感が湧いてきて、これは『リュカ』としての気持ちなのだろうなと、改めて自分が『最強の騎士』であることを実感した。

皆、リュカが騎士のなりをしていることに驚きの表情となったあと、安堵《あんど》しているように見えた。皇帝の目を気にして顔にこそ出していないが、皆の目が喜びに煌《きら》めいているのがわかり、この世界でのリュカは愛されているのだなと、そのこともまた龍一は今更思い知っていた。

謁見が終わると執務室への同行を求められ、山と積まれた書類に皇帝が目を通すのを彼の後ろから眺めた。

ゲームの中では聖女を陵辱《りょうじょく》しかしていなかった皇帝の、仕事をしている姿を自分の目で見るのは新鮮だった。おざなりにサインをすることはなく、何かあると大臣を呼びつけ、詳細を尋ねている。厳しい指摘に青ざめ、脂汗を額に滲《にじ》ませる大臣たちに対し、皇帝は容赦なく追及を続ける。厳しくはあるが言っていることはいたってまともで、『暴君』より『賢王』のほうが相応《ふさわ》しい呼び名では、と、龍一は思うようになっていた。

昼食の時間となっても皇帝は執務を終えようとしなかった。龍一は座ることを許されておらず、ずっと立ったままでいたのだが、さすがは『最強の騎士』の身体《からだ》、まったく疲れは感じなかった。

侍従長がおずおずと皇帝に昼食はどうするかと尋ねたのをきっかけに、皇帝は龍一を伴い食堂に向かった。最初から席は皇帝の一番近いところに用意されており、緊張しつつも龍一は席につくと皇帝と共に食事を始めた。

「西の地の干ばつについて、お前の意見を聞かせてくれ」

食べ始めて少し経《た》った頃に、唐突に皇帝が龍一に話し掛けてきた。突然のことでむせそうになったものの、先程の大臣とのやりとりを聞いていたため、何を問われているかはすぐに理解することができた。

とはいえ対策となると、当たり前のことしか言えない。大臣は被害が甚大だと言っていた。雨が降らないことについては手の施しようがないが、他にできることは、と考え、前世で環境問題についての座談会をテレビで観た、その内容を思い出す。

「干ばつの原因として、森林の過度な伐採があげられると以前本で読んだことがあります。西の地では農地を広げるために森林を無造作に切り開いてはいないでしょうか」

「本」

と、皇帝が意外そうな顔になり、まじまじと龍一を見つめてきた。

「……あ、あの……」

何か不敬を働いただろうか。青ざめた龍一に皇帝が問い掛けてくる。

「騎士は本など読まないものだと思っていたが違うんだな」

要は、脳筋だと言いたいのだろうか。随分と失礼な発言だが、本人にはその自覚がないようだ、と龍一は啞然《あぜん》としたあと、つい、笑いそうになった。

「なんだ」

皇帝が不機嫌そうになったので慌てて誤魔化《ごまか》す。

「私は本を読むのが好きなのです」

『リュカ』が読書家だったとは、ゲームではまったく語られていなかった。ゲームの中のリュカは、聖女が陵辱されていたことにショックを受け、皇帝を斬り殺したあと聖女と二人で逃げる正義感溢《あふ》れる最強の騎士、というキャラクターではあるが、内面についてはほとんど描写がなかった。

もっとも描写されていたのは聖女を救ったあと、二人して神の裁きを受けるまでの間に、聖女との間でかわされる愛溢れるセックスシーンだ。陵辱のかぎりを尽くされてきた聖女は、愛情たっぷりの優しい愛撫《あいぶ》にそれは酷《ひど》く乱れる。その乱れっぷりがまさに『淫乱』としかいいようのないもので、聖女のキャラが崩壊している、とプレイしながら龍一はドン引きしてしまった。

最強になるには資質もあろうが本人の努力も間違いなく必要だったはずだ。しかし鍛錬を積むシーンもなかった。陵辱系のゲームなのに陵辱をしないキャラクターなので、軽んじられていたのかもしれない。そんなことをぼんやり考えていた龍一は、皇帝の言葉に我に返った。

「俺も本は好きだ。剣の稽古は更に好きだが」

「そうなのですね」

皇帝が本を読むというのも、剣の稽古が好きというのも、ゲームにはまったく出てこなかった。しつこいようだが皇帝の描写の九割が聖女への陵辱、一割が死亡だ。しかしああも多忙であるのなら、いつ本を読んだり剣の稽古をしたりする時間があるのか。聞いてみたいと思ったが、こちらから話し掛けていいものかがわからず、龍一は皇帝を見やった。皇帝も真《ま》っ直《す》ぐに龍一を見返してくる。

「するか」

「え？」

また不用意に問い返してしまった。使用人たちの緊張で察した龍一は慌てて謝罪した。

「も、申し訳ありません。お誘いいただいたのが何に関してか、その、わかっておらず……」

あわあわと言い訳をする龍一の言葉を、皇帝は即座に遮った。

「剣の稽古だ。手合わせしようと言ったんだ」

「わ、わかりました」

正直なところ、『リュカ』になってから龍一には剣を振るう機会がまるでなかった。身体が覚えているだろうか。聖女であった神代《じんだい》は誰からも何も教わらなくても『癒しの力』が使えていたが、自分も自然と剣を振るうことができるのだろうか。

不安はあったが、皇帝の誘いを断ることなど考えられず、食事を早々に終えると皇帝に連れられ、騎士たちの訓練場に向かうこととなった。

「練習用の剣ではつまらん」

皇帝の言葉に騎士たちは一様に青ざめたが、異を唱える人間はいなかった。皆の同情的な視線が龍一に集まる。『最強の騎士』であっても皇帝に斬りかかることなどできようはずがない。皇帝は『リュカ』を嬲《なぶ》り殺すつもりだと、皆はそう判断したようだった。

「私は練習用の剣を使わせていただきます」

本当に皇帝は自分を殺そうとしているのか、龍一にはわからなかった。もしそうだとしても死ぬつもりはない。皇帝がどれほどの腕前かはわからないものの、真剣を使われるのであれば本気で対応するしかなく、そのとき自分も真剣を持っていれば皇帝を傷つけかねないと、龍一はあえて自分は殺傷能力のない練習用の剣を使うことにした。

「俺に刃を向けたところで、反逆罪にも不敬罪にも問わんが」

皇帝がむっとしてみせる。自分は真剣を使うと宣言したのに、龍一が練習用を使うと申し出たことで、余裕があると思われたようだった。

「陛下は唯一無二のおかたですので。私はいくらでもかわりがききますが」

おべんちゃらで切り抜けようとしたわけではなく、龍一は本心からそう思っていた。できればこんなところで死にたくはないが、万一皇帝を殺してしまったら、この世界はどうなってしまうのか。皇帝の後継者については、ゲーム内ではまったく語られていなかったし、龍一自身の目にも耳にもそうした情報は入ってこなかった。もし今、皇帝が統治できない状態となったら、帝国の平和は損なわれる。それは避けねばならないだろうと考えた結果の発言だったのだが、それを聞いて皇帝は無言のまま龍一を見つめてきた。

「……………その…………」

不快に感じたのだろうか。詫《わ》びたほうがいいのか。無表情な顔からは、皇帝のいかなる気持ちも推察することはできなかった。と、皇帝がふいと視線を逸《そ》らしたかと思うと、おろおろとその場で様子を見守っていた騎士団長をじろりと睨《にら》み口を開いた。

「練習用の剣を二本用意しろ」

「か、かしこまりました」

騎士団長が焦って返事をし、すぐに練習用の剣が用意される。二本ということは皇帝も練習用の剣を使うということかと、龍一は驚いて皇帝をつい、まじまじと見やってしまった。

視線に気づいた皇帝が煩《うるさ》げに顔の前で手を振る。

「俺が唯一無二ならお前も唯一無二だ」

「あ、ありがとうございます」

誰しもかかわりがきく人間などいないと、そう言ってくれているのだろう。人道的だ、と龍一は微笑《ほほえ》んでしまったのだが、皇帝に、

「何を笑っている」

と指摘され、慌てて口元を引き結んだ。

「お言葉が嬉《うれ》しかったのです。申し訳ありません」

「ふん」

龍一の返しは皇帝の不興は買わなかったらしく、無事、聞き流してもらえたようだった。

騎士の一人が練習用の剣を渡してくれたので、龍一は礼を言うと同時に、己の剣を彼に預けた。

「これが伝説の剣、エクスカリバー……なんという重さでしょう」

騎士が興奮した声を上げた途端に皇帝の厳しい叱責《しっせき》が飛んでくる。

「早くしろ」

「し、失礼しましたっ」

「申し訳ありません……っ」

騎士と共に謝罪をし、渡された練習用の剣を持つ。皇帝はマントを騎士に預け、既に剣を構えていた。龍一も皇帝と向かい合い、剣を構える。

「『最強』のお前に遠慮はしないぞ」

皇帝がそう告げたと同時に、龍一へと向かってくる。物凄《ものすご》い殺気に龍一は臆《おく》してしまったが、身体は『最強の騎士』としての動きを忘れていなかった。斬りかかる皇帝の剣を避《よ》けたと同時に皇帝の頭上へと飛び、回転しながら剣を振り下ろす。素早い動きに惑わされることなく皇帝は切っ先を避けると、龍一が地面に降り立ったところにまた、剣を振りかざしてくる。

剣同士がぶつかる高い音が訓練場内に響く以外に、誰一人声を発することはなく、しんと静まり返った中で、皇帝と龍一の手合わせは続いた。

皇帝の実力は『最強の騎士』リュカと拮抗《きっこう》していた。なんでもできるのだなと感心する余裕を龍一は持てずにいたが、それでも『最強』の名のとおり、一瞬の隙をついてリュカは皇帝の剣を飛ばすことができたのだった。

その瞬間、訓練場内がざわついたため、皇帝に勝つべきではなかったかと、龍一は不安になった。しかし『最強』が負ければ『最強』ではなくなる。皇帝は飛ばされた剣を見やったあと、視線を龍一へと戻した。赤い瞳には怒りの焔《ほむら》は立ち上っていないように見えるが果たして、と緊張感を高めていた龍一に、皇帝が無愛想に言い捨てる。

「久々にいい汗をかいた。行くぞ」

「は、はい」

叱責はされないようだと安堵したのは、龍一本人よりも騎士団の面々のほうだった。しかし顔に出してはいけないと思ったらしく、皆、下を向いている。龍一は騎士から自分の剣を受け取ると、既に出口に向かって歩き出していた皇帝に続いて訓練場をあとにしたのだった。

「強いな」

前を歩く皇帝が、振り返らないまま龍一に話し掛ける。

「陛下もお強いです」

これは龍一の本心だった。『最強』のはずの自分とほぼ互角というのは、彼もまた『最強』ということになる。そういう描写はゲームではされることがなく、あっさり『リュカ』に殺されてしまうのだが、思い出すにそれは、寝所で聖女を陵辱中にリュカが押し入るという、皇帝の隙を突いたためだった。

愛する聖女を守るためとはいえ、リュカは随分と卑怯《ひきょう》だったのだなと考えていた龍一は、皇帝が足を止めたことに気づくのが遅れ、彼の背に突き当たりそうになった。

「し、失礼致しました」

さすが『最強の騎士』だけあり、反射神経が働いてくれたおかげで、直前でぶつからずにすんだものの、慌てて詫びた龍一をきつい目で見据え皇帝がかけてきた言葉には、驚いたせいで素で言い返してしまった。

「世辞はいい」

「お世辞ではありません。今の稽古では互角だったと……あ、すみません。ええと……」

途中で自分と『互角』というのは失礼すぎるじゃないかと気づき、口ごもる。龍一はゲームの知識として『リュカ』が最強だと知っているが、それは自称するものではない。自分と互角だから『強い』というのはどれだけ自惚《うぬぼ》れているのかと慌てつつも羞恥《しゅうち》から頬に血が上ってくる。

「お前と互角であるなら確かに強い。しかし互角ではないだろう。俺は負けたのだから」

言い返してはきたが、皇帝の機嫌は悪そうには見えなかった。微笑んですらいることに違和感を覚えつつも龍一は、

「陛下は剣だけでなくなんでもおできになりますから」

だから尊敬しているのだと、己の気持ちを正しく伝えようとした。

「なんでもはできない。会話は苦手だ」

ふっと笑った皇帝の手がリュカの腰に伸びてくる。そのまま歩き出したため、並んで歩くような状態となっていることを畏れ多く思いながらも、皇帝の手を避けるほうが不敬だろうと、龍一は足を進めた。

「苦手なのですか」

「お前も会話は苦手そうだな。いつも口ごもっている」

「緊張してしまうもので……」

皇帝に対してだけではなく、誰に対してもそれは同じなのだが、皇帝はそうはとらなかったらしい。

「緊張？　ああ、殺されると思うからか？」

と問い掛けてくる。

「それもありますが……」

自分の発言を相手がどう受け止めるかがわからないので緊張する。それは前世からそうだった。なぜ相手の感情を気にするのか、改めて龍一は考えてみて、相手を不快にさせたくないという思いは、翻って不快になった相手に精神的な攻撃をされたくないという気持ちからきていたのかもしれないと思い当たった。

内向的で友人は少なかったが、いじめの標的になったという過去はない。標的になる以前に周囲から興味を持たれなかった。それを寂しいと思ったことはない。少なくはあったが気を許せる友人もいた。たいていがオタク仲間であったので、趣味の世界の話では盛り上がったが、個人的な話をすることはまずなかった。

単に自分が臆病だったということかもしれない。人間関係に不慣れだったので傷つくことを恐れた。もしや皇帝もそうなのではないかと思いつき、不遜《ふそん》か、と反省する。

「他に何があるというのか」

その皇帝に問われ、龍一は少し考えたあとに、今、自分の胸にあった思いを正直に明かすことにした。

「嫌われたくないと、臆病になってしまうのです」

「…………それは…………」

皇帝がなぜか驚いたように目を見開いたあとに、足を止め、じっと龍一を見つめてくる。

「？」

なんだろう、と龍一もまた足を止め、正面から己を見下ろす皇帝の赤い瞳を真っ直ぐに見上げた。

初対面のときから、恐ろしさしか感じない瞳を、今はどんな感情を抱いているのか知りたいという思いを胸に見上げている。恐ろしくないといえば嘘《うそ》になるが、それでも瞳を見た結果感情を知ることができるのであれば、見つめていたいと願う。龍一が見つめる先で、皇帝が口を開く。

「……嫌われたくないというのは、好かれたいということだな？」

「……あ……」

嫌われたくない、イコール好かれたい。少しニュアンスは違うように思う。しかし皇帝に指摘され、龍一は改めて自分の気持ちを考えてみた。

『好きか、俺が』

龍一の耳に、皇帝に問われた言葉が蘇《よみがえ》る。

好き——なのだろうか。いや、好きになる要素はあったか？　屈辱的な目に遭わされていただけなような。首を傾げ掛けた龍一は、相変わらずじっと己を見つめたままでいる皇帝の瞳を見返した。

「……っ」

赤い瞳には今、鋭さはまるでなかった。煌めくその光の意味は——期待。皇帝が期待を込め、自分を見つめているという今の状況が龍一にはまるで信じられなかった。

「好かれたいのか、俺に」

黙り込んでいた龍一に、皇帝が問いを重ねてくる。焦《じ》れた、というより、不安に駆られたといった表情にしか見えないと思ったときには、龍一の唇から言葉が零《こぼ》れ落ちていた。

「はい……はい。好かれたいと思っています」

断言する自分に驚く。次の瞬間龍一はその場で皇帝にきつく抱き締められ、何が起こっているのかと混乱の極みを味わうこととなった。

「そうか。安心しろ。嫌いはしない」

耳元で囁《ささや》かれる声音が弾んでいるのがわかる。皇帝は喜んでいるようだ。そして喜んでいる皇帝を感じることが、龍一の喜びとなっていたのも事実だった。

なぜ、皇帝が喜んでいると自分も嬉しいのか。実際、自分の感情としての経験はない。が、数え切れないほどに読んだ小説や漫画の中に、その答えはあった。

恋——これは多分、恋だ。まさか自分が恋をする日が来るなんて。しかも相手は攻略キャラである暴君、陵辱の限りを尽くされた皇帝だとは。普通に考えてそんな相手に恋をするはずがない。これがゲーム補正というものかと納得しかけ、いや、違う、自分も攻略キャラだったと思い出す。

どちらかというと、ゲームでは知り得なかった皇帝の一面に触れたことが、彼に惹《ひ》かれるきっかけとなった。暴君のような振る舞いをすることもあるが、賢王としかいえない行為も多々ある。愛を知らずに成長したということもゲームでは語られていなかった。与えられていないものを自ら生み出すのは難しい。愛する方法を知らなかったから、力で繋《つな》ぎとめることしか考えられなかった。聖女に陵辱の限りを尽くしたのも、彼を傍《そば》においておきたかったから。どうしたら彼の愛を得ることができるか、わからなかっただけではないのかと、今では少しの無理もなく考えることができた。

その見解があっているか否かはまだわからない。だがそれを見極めたいという強い願いを、龍一は抱くようになっていた。

皇帝の背に腕を回してみる。抱き締め返すと皇帝は一瞬、身体を強張《こわば》らせたが、次の瞬間にはより強い力で龍一を抱き締めてきた。

言葉はなかった。だがその分、思いをより強く感じるような気がした。龍一もまた、うまく言葉に乗せることができない思いを伝えようと、皇帝の背を強く抱き締め返したのだった。


その日の夜、入浴をすませたあと――当然ながら大勢の人間の手を借りての入浴であり、やはりどうにも慣れないと龍一は辟易《へきえき》としつつ入浴を終えた――いつものように皇帝の寝室へと向かうことになるのだろうと思っていたのだが、迎えにきた皇帝のメイドが彼を連れていったのは別の部屋だった。

今日は別々に寝るということなのだろうか。皇帝との行為は苦痛を伴うもの、というよりは苦痛しかないものであったため、本来であれば喜ぶべきことであるはずなのに、なぜか一抹の虚《むな》しさが去来することに龍一は我が感情ながら首を傾げた。

虚しさ、というよりは寂しさだろうか。互いに好意を抱いていることをそれぞれに認識し、気持ちを通わせたと思っていたのだが、そういうわけではなかったのか。自分でも驚くほど落胆していることに戸惑いを覚えつつ入室した龍一は、室内の光景にまた、胸の痛みを覚えることとなった。

部屋には大きな寝台があり、その上には見目麗しい若者が二人、鎮座していた。皇帝は寝台のすぐ傍にあるソファに、いつものように前がはだけた状態でガウンを羽織り、物憂げに座っている。

「来い」

龍一に向かい皇帝が手を差し伸べる。今日はあの若者たちと夜を共にすると、そういうことなのだろうか。まさか四人でいたすとか？

ズキ、と龍一の胸は更に強い痛みを覚えた。心を通わせ合ったことがたとえ誤解でなかったとしても、夜の行為は別ということだったのだろうか。ゲームでも皇帝は享楽的な性格だった。主に暴力を伴うものではあったが、己の欲望をこれでもかというほど聖女にぶつけていた。自分に対してもそうだったではないか。相手のことなどかまわず、己の快楽だけを追求する。皇帝という地位につく彼にとっては、それはごく当たり前のことなのかもしれない。

「早く来い」

皇帝が焦れたようにそう言い、立ち上がる。四人での行為など想像もつかない。ゲームでは複数プレイもあったが、それは聖女をよってたかって陵辱するというものだった。寝台の上にいる若者のうち、一人は華奢《きゃしゃ》な青年である。三人がかりで自分を？　いや、自分は聖女ではない。とはいえ今までゲームの中の聖女の役割を担っていたわけだから、と、混乱しながらも龍一は、皇帝が不機嫌になりかけていることに気づき、仕方がない、と諦めた。

所詮《しょせん》、皇帝は皇帝だったということだ。ゲームの彼とは違う一面を見出《みいだ》したが、他の面はゲームどおりだった。そういうことなのだろう。泣きそうになりながら龍一は皇帝の座るソファへと向かい彼の前に立った。

寝台に乗れと言われるのだろうか。その前に着ているガウンを脱げと？　それから説明があるのか。今夜は四人で楽しむことにした、彼らに対しても脚を開くのだ。尻を高く上げてみろ——とか？

泣くまいと思っても涙が込み上げてきてしまう。

「何をしている。座れ」

先に腰を下ろした皇帝が龍一を見上げる。

「……はい」

座る場所は寝台だろうと判断し、向かおうとした龍一は伸びてきた皇帝の手に腕を摑《つか》まれ、なんだろうと振り返った。

「なぜそちらに？　座るのは俺の横だ」

「え？　あの……？」

皇帝の目が怒りに燃えているのがわかる。何を怒っているのか、龍一には咄嗟《とっさ》に理解できなかった。戸惑いが伝わったのか、皇帝が訝《いぶか》しそうに問い掛けてくる。

「何を考えている？　まさかその二人と寝る気か？」

「いえ……私は……」

『まさか』ということは自分の考え違いだったということなのだろうか。頭がまったく働かず、正解を導き出すことができない。そんな龍一を前に皇帝は、物凄く嫌そうな顔になったあとに、はあ、と深く溜《た》め息を漏らした。

「『私は』ということは俺がそのつもりだと、そう思ったのか」

「も、申し訳ありません、その……」

誤解ということか。だとしたらこのあと酷く叱責されるに違いない。身構えつつも龍一は、ならなぜ、あの若者たちが寝台の上にいるのかと、ますます不可解さに首を傾げた。

「いいから座れ」

皇帝に強く腕を引かれ、バランスを失ったせいで龍一は皇帝の上に倒れ込みそうになった。さすがの反射神経で踏みとどまることができたのだが、皇帝は残念そうな顔になったあとに、自分の隣を示してみせた。

「座れ」

「はい……？」

意図がさっぱり読めないものの、命令に従わないという選択肢はなく、皇帝の隣に腰を下ろす。と、皇帝は、それでいいというように頷《うなず》いたあと、視線を寝台の上にいる二人へと向け、口を開いた。

「始めろ。説明を忘れるな」

「か、かしこまりました」

体格のいいほうの美形が震える声で返事をする。一体何が始まるのか。説明とはなんのことかと首を傾げていた龍一の前で、美形が口を開いた。

「まずは服を脱がせます。自分で脱ぎたいと相手が言った場合には、相手の意志を尊重するのがいいでしょう」

「？」

ますます意味がわからない、と戸惑いつつも龍一が見守る中、男がもう一人の華奢な若者の衣服を丁寧に脱がせ始めた。華奢な若者は色白で金髪碧眼《へきがん》、体格のいい男は黒髪に青い目、そして褐色の肌の持ち主である。どちらも美しい男たちだが、ゲームに出てくるキャラの中にはいなさそうだった。やがて金髪は全裸にされ、自ら寝台に横たわる。黒髪は素早く服をすべて脱ぎ終えると、ゆっくりと金髪に覆い被《かぶ》さっていった。

「まずは緊張を解してあげます。緊張していると快感を得づらくなりますので」

視線を皇帝へと向け、黒髪は大真面目な顔でそう言ったかと思うと、金髪にくちづけ、龍一をぎょっとさせた。

チュ、チュ、と音を立ててキスをしながら、優しい手つきで金髪の髪を梳《す》く。

「リラックスしてきたら、次は愛撫です」

黒髪が動作を止め、心持ち身体を起こして皇帝と龍一に対しそう告げたあと、金髪の首筋に顔を埋《うず》めながら、薄い胸に掌《てのひら》を這《は》わせていく。

「あ……っ……んん……っ」

黒髪の唇が金髪の首筋から胸へと下り、乳首を口に含む。もう片方の乳首を指先で摘《つ》まんだり抓《つね》ったりするうち、金髪は堪《こら》えきれないように身を捩《よじ》り、甘い声を漏らし始めた。

一体自分は何を見せられているのかと、龍一はただただ啞然としていた。おそるおそる皇帝を横目で見やると、実に真剣に黒髪と金髪の行為を凝視している。まるで学ぼうとしているかのような、と考えたそのとき、皇帝が黒髪に向かい問い掛けた。

「愛撫というのは手や口で乳首を弄《いじ》ることか？」

「乳首だけではありません。性感帯はあらゆるところにありますので、感じているかどうかを確かめながらそこを丹念に攻めていくという感じです」

黒髪がまた行為を中断し、皇帝に答える。

「お前は乳首ばかり弄っているようだが」

皇帝が首を傾げつつ告げると、黒髪は、

「彼は乳首が最も感じるポイントですので……」

とやはり真面目な顔で答えたあと、言葉を足した。

「乳首が性感帯という人は多いと思われます。他は、首筋や背筋、太腿《ふともも》の内側等です」

即答する黒髪に対し、龍一は、皇帝相手に臆せず声を発することができるとは、と感心していたのだが、よく見ると彼の額には青筋が立っていた。相当緊張しているようだが、と気づいた龍一は、またも、つい、皇帝を見てしまったのだが、視線を感じたらしい彼は龍一を見て、にっと笑い、疑問に対する答えを与えてくれた。

「聞かれたことにはすぐ答えよと命じてある。お前も疑問があればなんなりと聞くがよい」

「ぎ、疑問ですか……?」

何に対する、とまるでわからず問い掛けたあとに、もしや、と思いついてはっとなる。

「あの……」

しかしまさか、と浮かんだ考えを退けようとした龍一の横で、皇帝が、ふと思いついたように口を開いた。

「乳首が一番感じるポイントということは間違いないか、本人の意見を聞かせてくれ」

「え」

やはり考えたとおりだったのかと、唖然としたせいで思わず声を漏らした龍一の前で、金髪がおずおずと口を開く。

「ま、間違いありません。乳首を強く噛《か》まれると興奮します」

「…………」

何を真面目に答えているのだと、頬を赤らめたのは龍一ばかりだった。

「言葉で伝えたのか？」

「いえ。察してくれました」

「どうやって察した？」

「喘《あえ》ぎ声とか、または身体の反応などから察します」

「ああ、勃起しているな、確かに」

黒髪と金髪の男たちと皇帝の会話は、龍一の考えが正しいことを証明するものだった。

皇帝はどうやら、閨《ねや》での行為について彼らに質問しているようである。しかしなんのために？　そんなプレイ、ゲームであっただろうかと、必死で思い返していた龍一は、皇帝に話し掛けられ、はっと我に返った。

「それで、お前の性感帯はどこだ？　どこが快感を覚える？」

「はい？」

ショッキングな問い掛けに、素《す》っ頓狂《とんきょう》な声が龍一の口から漏れる。しまった、怒りを買うと慌てて口を閉ざしたが、皇帝の反応は龍一が考えたものとはまるで違った。

「幾度もお前を抱いたが、少しも性的快感を覚えていないことが気になっていた。『愛撫』をしたいがどこをどうすればお前は気持ちがいいんだ？」

「陛下……」

セックスについて、している本人たちに感想を聞いているのではと気づいたとき、その理由を龍一は、プレイの一環だと判断していた。まさか自分のためだったなんて。驚きが大きすぎて理解が追いつかないでいたが、目の前の皇帝の目がやたらと煌めいていることに気づき、声を失った。

常に厳しく己を見据えていたはずの赤い瞳は今、期待のこもった輝きをこれでもかというほど放っていた。皇帝の望みは、黒髪金髪のこの二人と共にベッドインすることなのではと案じた自分を殴りたい。龍一は今、猛省していた。

思いやりだったのだ。確かに皇帝には何度となく抱かれてきたが、それはまさに『奪われる』という表現が正しかったように思う。苦痛だけしか感じたことがないと皇帝は察した上で、改善しようとしてくれている。ありがたいなんて言葉じゃ追いつかない、とまずは礼を言うことにする。

「ありがとうございます。お気遣いいただいてしまい申し訳ないです」

「礼は不要だし謝罪は更に不要だ。俺はただ知りたいだけだ。お前の性感帯はどこなんだ？」

「それがその……」

わかるものなら教えてあげたい。しかし龍一に性体験はないし、『ゲーム内のリュカ』の記憶を辿《たど》ってみてもそうした描写は一切なかった。そもそも『リュカ』は攻略キャラであるので、性感帯が説明される場面はない。ちなみに陵辱される側である聖女の性感帯の発見はボーナスゲームをすればわかった。とはいえ、全身が性感帯といっていいほどなので、どこを愛撫してもたいてい、ポイントが稼げた。そういえば攻めキャラに対する性感帯ゲームはなかったな、と、そんな思考は後回しにしろというようなことを考えていた龍一は、我に返ると正直なところを告げることにした。

「その……今まで誰ともこうした行為をしたことがないので、よくわからないというか……」

「本当か？」

全て言い終わらないうちに、皇帝が大きな声を上げたものだから、龍一は勿論《もちろん》、寝台の上にいた二人も驚き、その場で固まってしまった。

「本当に誰とも閨を共にしたことがないのか？　男も？　女も？」

皇帝はすっかり興奮しているように見えた。赤い瞳が爛々《らんらん》と輝いている。紅潮した頬といい、口角が上がっている口元といい、喜んでいるようだが、自分に経験のないことがそうも嬉しいのだろうか。

「は、はい」

リュカに性的経験があるかないかは断言できないが、少なくとも龍一は皆無だった。嘘は言っていない。龍一が頷くと皇帝は、よし、というように笑い、龍一の肩を抱いてきた。

「続けよ」

そうして呆然《ぼうぜん》としていた寝台の上の二人に笑顔で命じる。

「か、かしこまりました」

「それでは始めさせていただきます」

金髪と黒髪が答え、二人で目を見交わしたあと再び寝台に寝転がる。

「そうか……」

行為を始める二人を興味深く見ているはずの皇帝が、くす、と笑いながら呟《つぶや》く。龍一はそっと横目で皇帝を窺《うかが》い、彼が本当に嬉しそうに微笑んでいることに気づいてなんともいえない気持ちになった。

処女厨――オタクゆえ、そんな単語が龍一の頭に浮かぶ。自分はさんざん、男も女も抱いてきただろうに、と心の中で呟いたときに、胸が酷く痛み、龍一を驚かせた。

ゲームでは聖女をこれでもかというほど陵辱していたし、閨には何人もの美女や美男を侍《はべ》らせていると噂《うわさ》されているという描写もあった。わかりきっていたことなのになぜ、改めて

それを認識するとこうも胸が痛むのか。

「や……っ……あん……っ……あっ……あっ……あぁ……っ」

いつの間にか寝台の上では、性行為が佳境に入っており、金髪のやかましいほどの嬌声《きょうせい》が室内に響き渡っている。

そんな彼を食い入るように見つめる皇帝の頬が、興奮のためか紅潮していることに気づいた龍一の胸はまたも酷く痛み、泣き出したいような気持ちになった。

「アーッ」

金髪が高い声を上げて達した直後、黒髪が彼の上で伸び上がるような姿勢となった。

「うっ」

彼もまた達したようで、恍惚《こうこつ》の表情を浮かべている。

「行こう」

不意に皇帝が立ち上がったため、肩を抱かれたままでいた龍一もまた、強制的に立ち上がることとなった。

「あの……」

どこへ、と問うより前に皇帝が答えを口にする。

「閨だ」

そうして彼は寝台で既に畏まって座っていた二人に「ご苦労だった」と声を掛けると、即座に扉に向かって歩き始めた。龍一は彼に従い、二人して部屋を出る。

「愛撫か」

ぼそ、と皇帝が呟く。彼はこれから自分に愛撫をしようとしている。快感を与えるために。その気持ちは嬉しいが、素直に喜べないのはなぜなのだろう。まさか自分も処女厨だったと、そういうことなんだろうか。自然と俯《うつむ》いてしまっていた龍一に、皇帝が声を掛けてくる。

「どうした、疲れたか」

「あ、はい」

顔を覗《のぞ》き込まれ、どき、としたせいで、反射的に龍一は頷いてしまった。

「そうか」

皇帝が足を止めたのに、不快にさせたか、と焦って彼の顔色を見る。

「今まで無理をさせたしな。よし、わかった」

皇帝は龍一の予想を裏切り、気分を害してはいなかった。反省しているように見えるのだが、と違和感すら覚えていた龍一から皇帝の視線が逸れ、後ろを歩いていた護衛に向かい声を掛ける。

「リュカを寝所につれていけ。俺は今の部屋に戻る」

「か、かしこまりました」

護衛の一人が戸惑いを必死で押し隠している様子で返事をし、龍一へと歩み寄る。

「ちょうどいい。愛撫の練習をしてくる」

皇帝は龍一に向かい、にっと笑ってそう言うと、もう一人の護衛と共に廊下を戻っていった。

「騎士様、ご案内いたします」

護衛に声を掛けられるまで龍一は、皇帝の後ろ姿を見送っていた。

練習——あの金髪の若者を抱くということだろうか。黒髪の若者がしたように、彼の華奢な身体を組み敷き、白い肌に唇を這わせると——?

いやだ。

ズキ、と自分でも信じられないような痛みが龍一の胸に走り、その場で立ち尽くす。

「あの、騎士様」

護衛がおそるおそる龍一に声を掛けてくる。口を開けば涙が零れそうになるのを必死で堪えながら龍一は、「ありがとうございます」となんとか礼を言うと彼のあとに続いたのだが、胸の痛みはいつまでも去ってはくれなかった。

6

その夜、皇帝は寝所には現われず、龍一は一人まんじりともできずに朝を迎えた。

皇帝と顔を合わせたのは朝食の席で、皇帝は何事もなかったかのように龍一が先に座っていたテーブルへと向かってくると自分の席につき、そのまま食事が始まったのだった。

朝食が終わりかけたときに伝令が現われ、聖女一行が夕刻には登城することを知らされた。

「北の地から戻るのに随分と日にちが経っているな」

むっとしたような声音で告げられた皇帝の指摘を受け、伝令は震え上がった。

「戻る道すがら、浄化の力で、街の怪我人《けがにん》や病人の治療を行っているということでした。それは素晴らしい力で、一度に数十人、治療可能という話です」

「折れそうな身体だったが、強大な力を持っているのだな」

皇帝が感心する姿を横目に、龍一の胸に、もや、とした思いが立ち上る。

この思いは、まさか嫉妬《しっと》——？　皇帝が聖女の姿を思い浮かべた、それだけで自分は嫉妬しているのだろうか。あり得ないだろうと愕然《がくぜん》としていた龍一に、皇帝が笑顔で声を掛けてくる。

「まあ、たった一人で北の地の穢《けが》れを祓《はら》うことができるくらいだ。強大であるのは間違いないか」

「そうですね。聖女様の力は素晴らしいと思います」

聖女本人の資質もあるが、今、彼の中身はヤクザの若頭、神代である。出発時の凛々《りり》しい彼の姿を思い返すに、きっとめざましい活躍を見せたに違いない。ゲームとは違った展開となっているが、是非《ぜひ》、早く彼の話を聞きたいものだと、自然と龍一は微笑んでしまっていた。

「聖女は俺より優れていると？」

皇帝の不機嫌な声音に、我に返る。

「え？」

「言え。聖女は俺より優れているのか？」

皇帝の目には怒りがある。皇帝が褒めたから自分も同意しただけなのになぜ、と龍一は戸惑いを覚え、すぐ、もしや嫉妬かと気づいた。今までの彼なら皇帝の怒りに燃える目を見れば臆していたのに、自分も変わったものだと、まずはそのことに驚くと同時に、皇帝の嫉妬を目の当たりにしたせいか、さきほどの胸の痛みが薄れているのを感じ、またも微笑みそうになる。しかしここで笑えば皇帝の不興を買うのは間違いないので俯き、なんと答えればいいだろうと頭を巡らせた。

「答えろ」

「陛下は素晴らしいかたです。心より尊敬しています」

「聖女と俺、どちらが優れているかと聞いたんだ」

誤魔化そうとしたと思われたらしく、皇帝がますます不機嫌になる。以前であれば、この段階でガタガタ震えていただろうが、今の龍一は違った。

「どちらも優れています。しかし私がお傍に仕えたいのは陛下のほうです」

聖女と皇帝、比べようがないというのが正解なのだが、皇帝にはそんな正論は通じない。なぜ彼が自分と聖女を比べさせようとしたのか。それがもしも嫉妬からなら、その必要はないと龍一は伝えたかった。

「……そんなことは聞いていない」

皇帝は一瞬目を見開いたが、ぼそ、と低く言い捨てた声からは既に怒りは失《う》せていた。

「お前を傍に置くかどうかは俺が決める。お前の希望など関係ない」

そっぽを向いたまま皇帝はそう告げたが、彼の耳は赤く染まっていた。思えば皇帝は十九歳、自分と同い年なのだ。こうした子供じみた行動をするのもわかるし、可愛く感じる。しかし『可愛い』などと言葉にすれば、まさに不敬、と剣を抜かれるかもしれないので、龍一は笑いを堪えると、

「申し訳ありません」

と真面目な顔で謝罪の言葉を告げたのだった。

その日も皇帝は一時も龍一を自分の傍から離そうとしなかった。食事、謁見、執務、剣の稽古と、忙しい一日が過ぎていき、夕方城に到着したという聖女一行と顔を合わせることができたのは、夕食のあと、謁見の間での対面となった。

「北の地の浄化、ご苦労であった」

聖女と彼を護衛した騎士たち一同、謁見の間で皇帝と向かい合う。一段低い、ホール状となっている場所の一番前に聖女は立っていたが、その姿は実に堂々としていた。まさに後光が差している。凛々しい顔はゲームで見る彼女とはまるで別人のようだった。

「ありがとうございます」

皇帝を真っ直ぐに見据えていた彼が、慰労の言葉に頭を下げる。

「状況の説明を」

「瘴気《しょうき》に侵された北の地の浄化を終え、侵略しかけていた魔物の討伐を行いました。護衛の騎士の皆様のご協力あってのことでした」

「おそれながら陛下、魔物討伐は聖女様ほぼお一人でなさったことです。聖女様がいらっしゃらなかったら我々はこうして帰城を果たすこともできませんでした」

同行した騎士の中で最も位の高い壮年の男が跪《ひざまず》き、報告する。

「役に立たない騎士団だったということか」

皇帝の赤い目が光る。せっかく無事に帰ってきたのだから、余計なことを言わなければいいのにと、龍一は焦って何かフォローの言葉を告げようとした。が、それより前に聖女が口を開いていた。

「騎士の皆様はそれは勇敢に戦われておりました。我々が北の地に到着した際にはかなり瘴気に蝕《むしば》まれていたため、魔物も強い力を持っていたのです。騎士たちがいなければ私の命がまず失われていたでしょう。そうなっていたら魔物はこの帝都をも襲っていたに違いありません」

「ふん、役に立っていたのならそれでいい」

聖女の堂々とした物言いに、皇帝が圧倒されているように感じる。そんな指摘をすればむっとされるに決まっているが、と心の中で呟きつつ、龍一は聖女を見やった。聖女も龍一を見やったあと、視線を皇帝へと向け口を開く。

「実は昨夜、最強の騎士、リュカ様について神託を受けました。早急にリュカ様と二人で話をさせていただきたいのですがよろしいでしょうか」

「なんだと？」

聖女の発言を聞き、皇帝の顔色がさっと変わった。赤い瞳が先程とは比べものにならないほどの怒りに燃えている。さすがに今回は龍一も恐れを抱いてしまったのだが、聖女は——神代は一切退かなかった。

「神託はリュカ様ご本人にしかお聞かせすることはできません。リュカ様のお命にかかわることです。早急に場を設けていただきたく存じます」

きつい語調、きつい眼差《まなざ》しを畏れ多くも皇帝に注ぐ。皇帝の目はますます怒りに燃え上がったが、彼が口を開くより前に、聖女が再び喋《しゃべ》り始めた。

「最強の騎士を失うことは帝国にとっても多大な損失ではないですか、陛下」

「……俺も同席するなら許そう」

一瞬、皇帝は気圧《けお》されたように見えた。が、すぐにより厳しい目で聖女を睨み、そう答えた。

「本人以外に内容を知られた段階で、リュカ様の命は失われます」

にべもなくという表現が適した語調で、聖女が言い捨てる。

「チッ」

皇帝は舌打ちをし、今度は怒りの眼差しを龍一へと注いできた。びく、と身体が震えてしまったが、それを見て皇帝が目を逸らしたのを目の当たりにし、龍一の胸が痛む。

「部屋を用意しろ」

皇帝が侍従長に命じ、皆があたふたと動き出す。十分もしないうちに龍一は聖女と二人、特別に用意された部屋で向かい合うことができた。

「結界を張ります」

聖女がそう言い、両手を広げて周囲を見渡す。変化はまったく感じないがと、龍一もまた室内を見回していると、聖女がいきなり肩を抱いてきた。

「おい、元気そうじゃないか。心配してたんだぜ。犬扱いされてるんじゃないかって」

「せ、聖女様……っ」

いきなりの変わりように動揺する龍一に聖女は、

「結界張ったから、誰もこの部屋を覗けないし聞こえもしない。安心しな」

と笑って背を叩《たた》いてきた。

「どうでした？　北の地は」

ゲームではリュカが魔物と戦ったシーンが少しあったが、寒いわ危険だわで厳しい環境だったように見受けられた。実際のところ、苦労したのではないかと案じ、問い掛けた龍一は、返ってきた答えに拍子抜けすることになった。

「あっけなかったぜ。北の地に到着するまでに力を蓄えておいたからな」

今日も聖女は――神代は実に豪快だった。美しいその顔には気力が漲《みなぎ》っている。

「力を蓄えるとは？」

何をどうやって、と首を傾げた龍一に、聖女が胸を張る。

「この身体、数歩歩けば息切れがするほどひ弱だっただろう？　馬車での移動もかなりつらくてな。それでふと、浄化の力を自分に使ってみたらどうなるかと思いついたんだ。体力強化に加えて防御力が高まることを期待したんだが、狙いどおりだったたってわけだ。それればかりか攻撃力まで高まったんだぜ。おかげで北の地の穢れを祓うばかりか、侵略してきた魔物たちも一掃できた。なんでこれまでこいつはそれに気づかなかったんだろうな？」

『こいつ』と言いながら親指で己を示す聖女を前に、龍一はただただ呆然としていた。浄化の力を自分に使うなど、ゲームではまったく出てこなかった。聖女はどのルートでも陵辱され、快感を覚えるようになってからは自分を責める、弱々しいキャラクターでしかなかったのだが、今、目の前にいる彼は実に生き生きしている。

「護衛の騎士たちともすっかり打ち解けたし、道々で出会った地方の有力者ともコネクションを作ってきた。地方の治世者たちは皇帝に対してさほどの不満を抱いちゃいなかったが、同行した騎士たちの間では皇帝に対する忠誠心が失せている。そこを利用できないかと考えているんだ」

「利用って？　それより忠誠心が失せているというのはどういうことです？」

聖女が何を言いたいのか、龍一にはまるでわからなかった。身体的な強化だけでなく、政治的な力を身につけたと、そう言っているのだろうか。一体なんのために？

問い掛けた龍一に対し、聖女は、本当に『聖女』なのかと疑うような、邪悪な笑みを浮かべてみせた。

「やつらを焚《た》きつけて皇帝を殺す手助けをさせる。『最強の騎士』であるお前への酷い仕打ちを見るに見かねた騎士たちだからな。お前が先頭に立てば必ず味方につくだろう」

「ちょ、ちょっと待ってください。皇帝を亡き者にするって、真面目に言ってますか？」

そんなことになれば、この国はどうなる、と龍一は堪《たま》らず叫んでいた。

「大真面目だ。ああ、後継者がいないと、それが心配なのか？」

聖女は少しも動じず、そればかりか龍一の心をすっかり読んだような問い掛けをしてくる。

「それもあります」

「そこは安心しろ。俺がやる」

「えっ」

まさかの発言に龍一は絶句した。

「そんなに驚くことはない。国も組も、似たようなもんだ」

涼しい顔で告げる聖女を龍一は、

「ちょ、ちょっと待ってください」

となんとか考えを改めさせようと説得にかかった。

「皇帝はああ見えて、民のことをよく考えています。ちゃんと治世も行っているんです。あ、だから地方の人も、皇帝に対しての不満はなかったんじゃないかと……」

「おい、ちょっと待ってくれ。お前、あいつに酷い目に遭わされてるんじゃないのか？」

聖女が不思議そうな顔で、龍一に問うてくる。

「俺のかわりに陵辱されてるんだよな？　今は違うのか？」

「違うというか……ええと……」

陵辱はされていないと思う。しかし寝室は同じだ。昨夜は一人で寝ることになったが、あれは寂しかった——ではなくて。

こんなときに何を考えているんだと、龍一は己の思考に焦りつつ、必死で言葉を探した。

「ゲームでは語られていなかったんですが、皇帝は気の毒な生い立ちで、母親がメイドだったので、父親からも兄弟からも虐げられて育ったんです。愛されたことがないので愛し方がわからなかった。陵辱も、愛情表現がわからなかったからなんです！」

「随分と肩を持つなあ」

必死で説得しようと試みていた龍一だったが、聖女にからかうようにそう言われ、我に返ることができた。

「チョロいな、お前」

「ちょ、チョロい？」

どこが、と肩を竦《すく》める聖女に、龍一が問い掛ける。

「普段、暴力を振るわれている相手にちょっと優しい言葉を掛けられただけで、離れられなくなる。まさにヤクザの手法だぞ？」

「ち、違います。そんな、不良が捨て犬を可愛がっているところを見てキュンとするとか、そういうんじゃないですから！」

「なんだそれは」

呆《あき》れる聖女に、

「いわゆる『お約束』です」

と龍一は答え、更に話を続ける。

「ともかく、今まで僕は皇帝をゲームのキャラとしてしか見ていませんでした。でも、今、僕も神代さんも、この世界で生きている。皇帝もです。ゲームのキャラじゃなく、一人の人間として見たときに、皇帝は決して暴君とは思えない。それどころか、帝国のこと、帝国民のことを思いやる、賢い王ではないかと、僕はそう思っているんです」

「熱烈な告白だが、俺じゃなくて本人に言ってやれよ」

やれやれというように肩を竦められ、自分がどれだけ熱弁をふるっていたかを自覚させられた龍一の頬に血が上る。

「す、すみません……」

「謝ることはない。そもそも皇帝を倒そうとしたのも、お前が酷い目に遭ってると思ったからだしな」

「そうだったんですか？」

てっきり若頭としての血が騒いだのだとばかり思っていた、と目を見開いた龍一を見て、聖女が苦笑する。

「ああ。しかし、そうなるとちょっとやっかいなことになるんだよな」

「やっかいなこと？」

どのような、と問い返した龍一は、聖女の言葉に驚いたあまり大きな声を上げてしまった。

「ああ、抱き込んだ騎士団の連中から聞いたんだが、反皇帝派がチャンスを窺《うかが》っているというんだ。先の皇帝の長男の落とし胤《だね》が隣国に匿《かくま》われているということで、そいつを新皇帝として祭り上げ、クーデターを起こすつもりのようだ。まあ、話を聞いた感じ、暴君を倒し平和な世を目指すというような気持ちからじゃなく、どう見ても私利私欲の匂いがしたが」

「……皇帝だけが、母親が違ったそうです。反皇帝派は、血筋についてあれこれ言っているんじゃないですか？」

反皇帝派は、皇帝が今、どれだけ身を粉にして帝国の平和のために働いているか、知らないのだろうか。日々の姿を見ていて尚《なお》、彼の兄の子のほうが皇帝に相応しいと、そう思っているというのか。

努力では覆せないものがある。まさに血筋がそれにあたるが、皇帝の血を引いているのは間違いないのだ。本当に腹立たしい、といつしか怒りに打ち震えていたことに、龍一は聖女の苦笑で気づかされた。

「俺の読みが珍しく外れたな。お前がそうも皇帝に思い入れを持とうとは。まあ、今日ちゃんと服を着て腰に剣を差しているのを見たときから、あれ？　とは思ってたんだが」

「……確かに、酷い目には遭いましたし、ゲームの中の皇帝は、聖女を陵辱しかしていない暴君に見えました。でも……」

近くで過ごすうちに、別の面が見えてきた。自分でも信じられないが、今では好ましくさえ思っている。皇帝も同じ気持ちであるといいとさえ、思っているのだ。俯いた龍一の顔を、聖女が覗き込む。

「まあ、いい。反皇帝派のほうは俺がなんとかしよう。騎士たちを煽《あお》った責任もあるからな」

「なんとかって、どうするんです？　僕にできることはありますか？」

反皇帝派が存在すると知っては、何かしないではいられなくなった。できれば皇帝に知らせることなく、反対勢力を潰滅させることはできないだろうか。人が死ぬのを見たくないというより、知れば皇帝が傷つくだろうから、と龍一は唇を噛んだ。

「まずは反皇帝派を炙《あぶ》り出す。なに、俺がしかけないかぎり、クーデターは起こらないから安心しろ。お前がそうも思い入れを持っている相手の命を奪わせるなんてことは、俺がさせない」

な、と聖女が笑い、龍一の肩を叩く。

「……ありがとうございます。でも、なぜですか？」

非常に頼もしいし、ありがたくはあるが、聖女が自分のために力になってくれる理由がわからない。共に異世界に転生してきたよしみだろうか、と龍一は聖女を見やった。

「お前には借りがあるからな」

「借り？」

「俺のかわりに陵辱されただろ？」

「……ああ……」

確かに、と頷いたあと、龍一はふと、もし、あのとき聖女がゲームどおりに沐浴《もくよく》していたら、と考えた。

聖女は陵辱されただろうか。あのときの彼なら、体力的には抵抗はできなかっただろうが、中身は神代なので、大人しく抱かれなかったのではという気もする。

となると、『俺のかわりに』というのはちょっと違うような、と龍一はそれを告げようとしたのだが、既に聖女には読まれていたらしく、

「ともかく、その礼だ」

と龍一の言葉を封じた。

「それより、『神託』について打ち合わせておこう。クーデターについて打ち合わせる予定だったが、逆の結果になったからな」

「……よかったです。事前に相談してもらえて……」

もし、本人的にはよかれと思って、皇帝を殺していたらと想像するだけで、震えてくる。

自分も『最強の騎士』だし、皇帝もまた自分に匹敵する力を持ってはいるようだが、目の前

の聖女には本能的にかなわないと思わせる何かがあった。

皇帝は国を統《す》べているが、年齢が十九歳と若いからだろうか。前世ではヤクザの若頭だった聖女のほうが、上手《うわて》という印象がある。年の功だろうか。そんな彼であれば皇帝の寝首を掻《か》くことなど容易ではないかと思えるだけに、事前に確認をしてくれて本当によかったと、龍一は心から安堵していた。

「神託については、お前の命にかかわると言ってあるので、無理に聞き出すことはしないだろう。まあ、あの皇帝じゃ、我慢できずにさわりだけでもと問い詰めてくるかもしれないが……」

冗談のつもりで言ったようだが、実際そうなりかねないと聖女は気づいたらしく、少し考える素振りをしたあと、よし、と頷き口を開いた。

「皇帝の命を救うのはお前だというのはどうだ？　この先どのような危機が迫ろうとも、最強の騎士リュカが皇帝の命を守る。そう神託を受けたということにしよう」

「神託とか言って大丈夫でしょうか。この世界に神は存在しているので、怒りを買うかもしれません」

そう、聖女とリュカが皇帝を殺したことを神は許さず、二人の命を奪った。聖女が陵辱されたときには手を差し伸べなかったというのに、随分と酷いと思ったものだ、と龍一は憤りかけ、この考えも神に見抜かれるかもと慌てて思考を止める。

「はは、神様が許さないのは俺自身が手を汚すことだろう? 神託については皇帝の命を救うためだ。善行だとわかってくれるさ。何せ神様だからな」

「……大丈夫だといいのですが……」

少々楽観的すぎる気がするが、本当に大丈夫だろうか。心配する龍一に聖女は、

「大丈夫だって」

と豪快に笑った。

「浄化の力を使うとき、神様と繋がるんだが、別に偏屈な感じはしないぜ。そもそも聖女の性的行為もスルーしてくれる神様だ。とはいえ、もう前世のような悪行は慎むつもりだけどよ」

意外な発言に龍一は戸惑い、

「そうなんですか?」

と問い掛けた。それこそ自身を強化することに成功している彼なら、この世界の覇者になることも可能なのではと考えたからである。

本人も『国も組も、似たようなもんだ』と先程言っていた。頂点に立つ願望はないのだろうか、と問い掛けた龍一に聖女は「ああ」と頷き、言葉を続けた。

「前世じゃ随分と人の道に反したことをしてきた。組のためとはいえ、人の命を奪ったこともある。この手で不幸にした人間は山のようにいる。だからあんな死に方することになった

んだが……お前を巻き込んじまって申し訳なかったな」

改めて詫びるわ、と頭を下げ、龍一を恐縮させたあと、再び聖女が話し出す。

「この身体には、人を助ける力が備わっている。前世の罪滅ぼしじゃないが、その力を世のため人のために役立てるのが俺の使命だと、そう考えたんだよ。何せ、たった一人の『聖女』らしいから」

ニッと笑ってみせたその顔は、ふてぶてしくはあったが、同時にひどく神々しいものに龍一の目には映っていた。頼もしいと思う一方で、自分はどうなのだと猛省する。

龍一もまた転生して『最強の騎士』になった。だがこの『最強』という力を活かそうという発想はなかった。前世で誇れる能力は、まったくなかったといっていい。世のため人のためにできていたこともまるでなかった。平凡な大学生ができることなどたかが知れている、などという考えを抱いたこともない。

しかし今の自分は『最強』という力を持っている。意識が足りなかったと項垂《うなだ》れた龍一の肩を、聖女がぽんと叩く。

「だいたい考えていることはわかるが、落ち込むな。気づいたときから始めりゃいい。そうだろ？」

「……聖女様……！」

一生ついていきます。そんな気持ちを胸に龍一は聖女を拝む。

「はは、その呼び名もさすがに慣れてきたぜ。とはいえ、『聖女』は象徴なんだなと実感するよ」

やるせない思いを抱えているように見える、と龍一は聖女の顔をつい凝視してしまった。

「役割としては納得しているが、俺個人としても存在しておきたいなと、つい望んじまうんだよな。まあ、『聖女』に個人の生活などないってことなんだろうが」

「それはおかしいですよ。聖女だって一人の人間なんですから……あ」

言いながら龍一は、自分もまた聖女を名前では呼んでいないことに気づいた。

「すみません、僕も『聖女様』と呼んでましたね……」

「そりゃ、俺が『クリスティーン』と呼ばれたくないと言ったからだろうが」

気にするな、と笑った聖女が、「そうだ」と思いついた声を上げる。

「愛称ってことで、『クリス』と呼んでもらうことにしよう。クリスならまだ、許容範囲内だ。もともと俺の名前も『静《しずか》』と、女と間違えられる名前だったしな」

「そうなんですね」

ああも迫力のあった若頭とは少々ギャップがある、美しい名だ。へえ、と感心してしまっていた龍一に聖女は――クリスは、

「呼んでみろ」

と促してきた。

「クリスさん……あ、クリス様？」

「様はいいよ。クリスで。俺もリュカって呼んでいるしな。友達ってことでいいじゃないか」

「聖女と友達……って、アリなんですかね」

「最強の騎士なら、アリだろ。まあ、これからは気を許した相手には『クリス』と呼んでほしいと言って回るつもりだから、あまり気にするな」

顔の作りはゲームのままでも、表情はやはり男らしい。既に美少女というより美少年に見えるような、と感じた龍一は、もしや、と思いついたことを聞いてみることにした。

「男であることを将来的には明かそうと思ってますか？」

「うーん、そこは慎重にいったほうがいいと考えている」

予想に反し、クリスは考えつつ、そんな答えを返してきた。

「充分、実力を発揮したあとなので、性別については誰も気にしないのではないかと思うんですが」

「しかし男だと『聖女』じゃないだろう？　この世界では聖女は絶対的な存在だからなあ。混乱するだろうし、争いの種になるかもしれない。本物の聖女はこの女性だと担ぎ上げて勢力拡大を図ろうとする神官も出てくるかもしれないしな」

「そうか……そうですね」

自分はゲームのストーリーを知っているから、聖女が男だということをごく当たり前に受け入れているが、この世界の人にとってはなかなか受け入れがたい事実だろう。やはりよく考えている、とますます感心していた龍一にクリスが、

「気遣いに感謝するよ」

と笑い掛けてくる。

「ま、気長にやるさ。どうやら俺はこのまま、年をとらないようだ。さすが超越した存在だよな。そういう設定だったのか？」

「それは知りませんでした。確かゲームでの年齢は十八歳だったかと……」

十八歳にしては幼く見える。年齢がそれ以下だと色々と問題になったのかもしれないなと思いつつ、龍一はゲームの内容をざっと思い返した。

皇帝ルートではリュカと共に神に命を奪われるが、神官ルートや魔物の触手ルートでは、聖女は死にはしなかった。陵辱される日々が続くのでした、終わり、というエンディングで、その後のことはわからない。

「年をとらないとか、そういう設定はなかったように思いますが、不老不死なんですか？」

「不老っぽいが、不死のほうはわからないな。善行を積んでいけば神様みたいな存在になるのかもしれないが」

「あり得そうですね」

一方、自分はどうなのだろう。『最強の騎士』としての能力は備わっているようだが、最

強でも人は人なので、普通に年をとるような気がする。きっと皇帝もそうだろう。

ゲームとは随分と内容が変わってきているが、エンディングまでは自分の手で人生を切り開いていくことになる。悔いのないように生きねば、と改めて意識し、拳を握り締めた龍一の肩を、またもクリスが叩いてくる。

笑顔の彼はやはり頼もしく、彼と共に転生できてよかったと、龍一はこれもまた改めて感謝の念を深めたのだった。

7

クリスとの話し合いは一時間以上続いた。そろそろ皇帝が焦れているだろうと切り上げることになったのだが、別れしなにクリスは龍一に、腰の剣を少し貸してくれと手を差し伸べてきた。

「重いですよ」

龍一自身、重いとは感じていなかったが、持ったことのある人間は皆、重いと驚いていた。いくら浄化の魔法で体力強化を図っているといっても、華奢な腕を見るに持てるだろうかという龍一の心配が杞憂《きゆう》であることはすぐさま証明された。

「これがエクスカリバーか。確かに普通の剣より数倍、重いな」

そうは言いながらも、クリスは、ひょい、といかにも軽そうに渡された剣を抜いたかと思うと、目を閉じ何かを唱えた。

「うわっ」

途端に剣が眩《まぶ》しいほどの光を放ったことに龍一は驚き、思わず大きな声を上げていた。

「神剣エクスカリバーだから充分とは思ったんだが、一応、浄化で更に強化しておいた。これならドラゴンだって一太刀で殺せるし、魔物から身を守るのにも役立つはずだぜ」

「ありがとうございます……！」

さすがだ、と差し出された剣を受け取り、輝きが収まった刃を見やる。心なしか、より、手に馴染《なじ》むようになった気がすると思いつつ、腰の鞘《さや》におさめると龍一は、皇帝のもとに戻ることにした。

皇帝は既に寝所にいるとのことだったので、龍一も寝所へと向かう。クリスとはその後、『神託』について詳しい打ち合わせをした。それを皇帝に話さねば。そう決意しながら寝所に入った龍一の目に映ったのは、寝台傍の椅子に座り、グラスを傾けている皇帝の姿だった。

「遅い」

皇帝ははっきりと苛立《いらだ》っていた。赤い瞳が燃えるように輝いている。

「申し訳ありませんでした」

謝罪をしたが、そっぽを向かれてしまう。怒りにまかせてベッドに引き摺《ず》られるのではと一瞬案じたのだが、皇帝が立ち上がる様子はなかった。乱暴な動作でワイングラスを呷《あお》る皇帝に、おそるおそる用件を告げることにする。

「あの……神託についてお話ししたいのですが」

「……っ」

途端に皇帝は、はっとした顔になったかと思うと、更に怒りに燃えた瞳を向けてきた。

「馬鹿者！　人に知られたらお前は死ぬのだろう？」

「あ……」

二人きりで話をするための方便として、クリスがそう告げたことを、今更龍一は思い出した。同時に、皇帝の怒りが自分の命にかかわるためとわかった瞬間、嬉しさが込み上げてきて笑いそうになる。しかしここで笑うと皇帝がより不機嫌になることがわかっているため、話を進めるためにと、龍一は真面目な顔になり、皇帝の目を見て話し始めた。

「あれは聖女様が、神託の内容があの場で報告するのにそぐわないと判断したために仰《おっしゃ》ったことなのです」

「嘘だったと、そういうことか？」

予想どおり、皇帝の怒りに火がついたのを察し、慌てて龍一は続きを話すことにした。

「陛下に反旗を翻そうとしている人間が城内にいるのです。神託は、私がその者たちから陛下の命を守るというものでした」

「なんだと？」

皇帝は一瞬だけ、戸惑った表情となった。が、すぐに激高し、怒声を張り上げ始めた。

「謀反《むほん》の企てがあるというのか！　なんという愚かさだ！　一体誰だ？　今すぐ城にいる全員を集めろ。誰が謀反人だか、明らかにしてやる！」

「落ち着いてください。陛下。聖女様がすべて任せよと仰っています」

クリスは龍一に、皇帝に謀反の報告はしても、彼を大人しくさせておけと、それを頼まれていた。気性の荒い皇帝を大人しくさせることなど、自分にできる気がしないと思いはしたが、反皇帝派を一掃するには、策略が必要だからと言われては従わないわけにはいかなかった。

聖女と皇帝の間には、今のところさほどの信頼関係があるわけではない。北の地の浄化に成功したことは認めているだろうが、全幅の信頼を置いているとはいえない状態ではないかと思う。

皇帝と龍一の間にはそれなりの信頼関係が築けているであろうから、説得しろと言われたものの、実際こうしてトライしてみると不可能としか思えなくなってくる。しかしそんなことは言っていられない、と龍一は必死で言葉を繋いでいった。

「聖女様は本当にこの国のことを考えてくださっています。だからこそ私に陛下を守るよう、指示をなさったのです。三日、三日のうちにすべてを片付けると聖女様は仰っていました。どうか三日だけ、何も知らないふりをしていただけないでしょうか」

「ことわる」

「お願いです、陛下。三日。三日だけ」

「いやだ」

「陛下」

「俺より聖女の言葉を優先するとは、許せん」

「聖女様ではなく、神託を信じているのです」

皇帝は臍《へそ》を曲げてしまったらしく、なかなか首を縦には振ってくれなかった。しかし了承してもらわないと困るのだ、と、龍一は皇帝の前に跪き、彼に縋《すが》った。

「お願いです。私にとって大切なのは陛下です。陛下をお守りしたいのです。お命は勿論のこと、お気持ちも。私が望むのは陛下の幸せ、それだけなのです」

気持ちを込め、必死に訴える。言葉を飾る余裕はまったくなかった。胸の内にある、正直な心情そのものを訴えているのがわかったのか、次第に皇帝の表情から怒りが消えていった。

「……まるで今は俺が幸せではないような物言いだな」

言われた内容は否定的だったが、口元には笑みがあった。わかってもらえたようだ、と安堵したせいで、龍一の頬にも笑みが浮かんだ。

「ありがとうございます」

「礼はすべて終わってからだ。反皇帝派を全員残らず片付けてくれるんだろう？　そうしたら俺のほうから礼を言ってやる。聖女とお前にな」

「ありがとうございます……っ」

よかった。聞き入れてもらえた。あとはクリスに任せるだけだと、礼を言う龍一の声は弾んでいた。そんな彼を見て、皇帝は、苦笑するように微笑んだあと、ぽつ、と言葉を漏らす。

「謀反か。俺が何をしようが気に入らないという連中がまだ大勢いるということだな」

「大勢ではないと思います」

「同情か」

途端に厳しい目で皇帝が龍一を睨んでくる。

「いえ。事実を申し上げました」

皇帝が力を落としているように見えたので、慰めたかったという気持ちもあった。それは『同情』かもしれない。でも、嘘を吐《つ》いたわけではない、と龍一は必死で言葉を連ねていった。

「聖女様が仰っていました。帰路につく間に出会った帝国民たちは、陛下に対する不満など抱いていなかったと。陛下のおかげで帝国は平和になりました。感謝している人間のほうがずっと多いはずです」

「俺は同情されるのは嫌いだ」

しかし龍一の言葉は皇帝の心には響かなかったらしく、そう言い捨てたかと思うと皇帝は立ち上がり、寝所を出ていこうとした。

「陛下」

どこへ行くつもりなのか。龍一の脳裏に、昨日閨でのレクチャーをしてくれた二人の美しい若者の姿が蘇る。

彼らと夜を共にするつもりだろうか。昨夜、皇帝は寝所に現われなかった。今夜もまた、彼らのもとへと向かったのではないか。

どうして――。

ずきりと龍一の胸は痛み、服の胸のあたりを掴む。気持ちが通じ合ったと思ったのは自分の勘違いだったのだろうか。自分に恋愛経験はない。友人とも、趣味の話はしても、互いの感情をぶつけ合うような付き合い方をしたことはなかった。前世で人と気持ちを通わせ合うことをしてこなかった、そのツケが今巡ってきているのかもしれない。自然と溜め息をついていた龍一は、皇帝が出て行ってしまったあと寝台に寝る気になれず、そのままソファに倒れ込んだ。

『俺は同情されるのは嫌いだ』

そう告げたとき、皇帝は俯いていたので表情はよくわからなかった。怒りを感じていただろうに、その怒りをぶつけることなく、出ていってしまった。

傷つけてしまったのだ。おそらく。どうしよう。どうしようもない。追いかけるか？　どこに？　今、皇帝は自分以外の人と夜を共にするつもりでいるのかもしれないのに。

一旦は起き上がったものの、再びソファへと横たわる。傷つけたくないと思っていたというのに、結局自分が傷つけてしまった。この上ない自己嫌悪に苛《さいな》まれながら、その夜も龍一はほとんど眠れないまま、朝を迎えたのだった。

翌朝、朝食の席に皇帝は現われたが、龍一に声を掛けてくることはなかった。共に食事をとることに関しても何も言わなかったので、龍一はその場に留《とど》まり、重苦しい沈黙の中で朝食を食べることとなった。

朝食を終えると皇帝は席を立ったが、やはり龍一に言葉は掛けてこなかった。龍一は迷ったが、皇帝の護衛のためにと前日同様、常に傍に控えていようと彼のあとに続いた。不要であれば不要と言うだろう。また仕置きとなる覚悟を固めていた龍一を、皇帝は完全に無視し、龍一はそのことに酷く傷ついたのだった。

周囲の人間も皆、皇帝と龍一の間に流れる微妙な空気に緊張を高めており、それもまた申し訳ないと龍一は落ち込んだ。失礼を承知で自分から話し掛けるべきだろうか。それで罰せられたとしても、今の状態よりはマシではないか。思い詰めていた龍一だったが、夕食前に聖女クリスから呼び出しがあり、彼の部屋を訪ねた。

「なんだ、どうした。元気ないな」

聖女は一目で見抜き、何があったのかと問い掛けてきた。一日中皇帝に無視をされたことが相当メンタルにきていた龍一は、問われるがままにクリスに向かい、昨夜からの出来事を話したのだった。

「子供だねえ」

龍一としては相当悩んでいるというのに、クリスは呆れたように一言そう言うと、慰めることもせず自分の用件を伝え始めた。

「明日、皇帝に謁見を申し入れた。大臣や騎士団の同席も求めている。そこでちょっとしたパフォーマンスをやる予定でな。お前と事前に打ち合わせたいと思って呼んだんだよ」

「あの……はい」

慰めてもらいたかったというわけではないが『子供だねえ』で終わりとは。落胆を隠せずにいた龍一の肩をクリスは笑《す》って叩いてきた。

「元気出せって。皇帝は拗ねてるだけだ。そうじゃなかったら、酷い目に遭わされてたはずだぜ？　忘れたのか？　素っ裸で放り出されたり、有無を言わさず突っ込まれたりしてたじゃないか」

「まあ、そうですけど……」

それすらしたくないと思われたのでは。そう案じているのがわかったのか、クリスは益々《ますます》呆れた顔になると、

「口はきかなかったが、傍にいることは許されてたし、食事も同じテーブルでとったんだろ？」

と問うてくる。

「はい……」

「奴の性格からして、顔も見たくない相手を傍に置くわけがないだろうが。お前が謝ってくるのを待ってるんじゃねえの？　まあ、謝ったら謝ったで、本当に同情してたのかよとまた絡まれるんだろうが」

「そんな……」

簡単なことではないのだが、と口を尖《とが》らせてしまった龍一を一瞥《いちべつ》しただけで、その話は終わったとばかりに、クリスは話題を戻した。

「というわけで、明日、謁見の最中、お前にやってもらいたいことを説明するぜ」

「……はい」

夕食の席に遅れるわけにはいかない。仕方ない、と龍一はクリスの話を真面目に聞くことにした。

「何をすればいいんですか？」

「明日はまた、神託を使わせてもらうことにする。奸計《かんけい》を抱いている人間は浄化の力を浴びるとそれがわかると」

「わかるんですか？」

ゲームにはない設定だ、と驚いた龍一は、

「いや？」

とクリスに即座に否定され、ずっこけそうになった。

「はい？」

「顔見りゃわかるんだよ。そのパフォーマンスの前に、お前には皇帝の素晴らしさを熱弁してほしいんだ」

「ぼ、僕が？　熱弁？」

想像もしていなかった指示を受け、龍一の頭の中は真っ白になった。

「言っただろう？　皇帝への不満はお前への酷い扱いが引き金になってるって。その誤解をまず解くんだよ。まあ、誤解ではなかったんだが、今は大事にされているとアピールしてほしいんだ」

「あの……今日はずっと無視されているんですが……」

その様子は、周囲にいた人間には見られていたので、『大事にされている』とは思われない可能性が高い。さっき打ち明けたじゃないかと、恨み言を言おうとした龍一は、即座に返り討ちに遭った。

「これから仲直りをすりゃあいいだろ」

「無理ですよ……」

「反皇帝派を炙り出す必要があることはわかるだろ？」

「勿論です。しかし……」

皇帝の機嫌を直すにはどうしたらいいか、その術《すべ》はまるでわからない。安易に『できる』

とは言えない、と唇を噛んだ龍一の両肩を、クリスが摑み、顔を覗き込んでくる。

「だらだら日程を延ばしていったら、それだけ不満分子が育つことになるんだぜ。仲直りができないっていうなら仕方がない、とにかく、お前は皇帝に心酔しているってところを、騎士たちに見せる必要がある。酷い扱いをされようが、素晴らしい皇帝には自分のすべてを捧げたいといったことを宣言するんだ。この間俺に熱く訴えかけたようなことを言えばいいから」

「……そんな……」

人前で喋るのが大の苦手である龍一にとって、クリスの依頼は苦行でしかなかった。しかし反皇帝派を摘発するために必要だと言われたら、やらないという選択肢はなかった。

「うまくできる気はしないんですが……」

失敗した場合、リカバリーはきくのだろうか。最初から失敗を考える時点で、舐《な》めているのかと怒られそうだが聞かずにはいられず、龍一はおそるおそるクリスに問い掛けた。

「失敗？　お前が皇帝に心酔していると示すだけだぞ。どうやったら失敗できるんだ？」

クリスが不思議そうに問い返してくる。

「……皇帝に制止されたり……？」

人前で喋れないかもしれないから、とはとても言えない。喋るしかないのだ。しかし、腹を立てた皇帝に遮られるという可能性はあるかもしれない。それで龍一はそう告げたのだが、

聞いたクリスはぷっと噴き出し、

「ないと断言するぜ」

と首を横に振った。

「……頑張ります」

皇帝との関係は今後どうなるかわからない。気持ちが通じたと喜んだのも束《つか》の間、今はこの上なくぎくしゃくしてしまっている。しかし、自分の皇帝への気持ちは変わらない。彼を幸せにしたいと思うし守りたいと願う。それなら頑張るしかない。心を決め、頷いた龍一にクリスはそれでいいというように微笑み、頷く。

「食事前に悪かったな。それじゃ、また明日」

聖女に送り出され、龍一は食堂に戻ったが、そこに皇帝はいなかった。

「今日は食事はとられないとのことでした」

侍従長が何か聞きたそうな顔をしつつ伝えてくれ、龍一は一人で夕食を食べることになったのだが、相変わらず最上座に近いところに用意された自席ではあったものの、これからのことを案じずにはいられなかった。

寝所にも皇帝は現われなかった。メイドたちに居場所を尋ねたが、執務室だと思いますという彼女らの答えが本当なのか嘘なのかは龍一には判断がつかなかった。

何か突発事項があったという気配はない。夜通し執務室で仕事をして過ごさねばならないようなことがあったとすれば、さすがに城内にもそれなりの緊張感が張り詰めるだろうが、その様子はなかった。

どう考えても皇帝は自分を避けている。明日にも遠ざけられるのではないか。城を出ていけと言われないのが不思議だが、明日も言われないという保証はない。

同情していると思われたことがこうも彼の心を傷つけるとは思っていなかった。溜め息を漏らした龍一は、改めて自分の言動と心情を振り返った。

同情しなかったわけではない。皇帝の生い立ちを知ったときに感じたのは彼への同情だった。同時に、彼の幸せを願ったが、それは同情からだけでなかった。

愛《いと》しいと思った。幸せにしたい、守りたいと願うのと同時に、共に幸せになりたいという思いが芽生えた。前世、恋愛とは無縁だったため、自身の胸に溢れるこの思いが果たして本当に愛や恋であるといえるのか、その自信はない。だが、気の毒だから、可哀想《かわいそう》だからという気持ちだけでないことは確信できる。

皇帝はなぜ、ああも同情を厭《いと》うのだろう。傷つけたという自覚はあったが、理由はわかっていなかった。

本人に尋ねない限り、正解はわからない。しかし身分の差が壁となり、それが叶《かな》わない。

違うな、と龍一は、あきらかに詭弁《きべん》である自分の思考に嫌悪を抱いた。こちらからコンタクトをとることが難しい立場の人だというのは事実ではあるが、それを言い訳にしているというのもまた事実である。執務室を訪ねると言えば、使用人や護衛の騎士に止められるだろうが、トライもせずに諦めているのは顔を合わせたあと、皇帝から拒絶されるのが怖いからだ。

しかしこのままでは何も変わらない。打開策は直接本人にぶつかるしかないのに、決定的に関係が壊れてしまうことを怖がり行動に移せないでいる。そんな自分を情けなく感じるが、もし今夜のうちに追い出されるようなことになったら、明日、聖女が立てた計画に支障が出てしまう。

新たな言い訳をまた自分の中で正当化しようとしているのが、心の底から情けない。自己嫌悪に陥りながらも、行動に移すことはやはりできず、その日も龍一は眠れぬ夜を過ごしたのだった。

朝食の席に皇帝がいたことに、龍一は安堵した。が、相変わらず会話はなかった。

皇帝は少し憔悴《しょうすい》しているように見えた。大丈夫だろうかと問い掛けたかったが、それも同情していると思われるかもしれないと躊躇《ため》らい、またも言い訳だと密《ひそ》かに溜め息を漏らした。

朝食が終わる頃になってようやく皇帝が口を開いた。

「このあと、聖女との謁見だ」

「……はい……っ」

ようやく話し掛けてくれた。龍一の胸が熱く滾《たぎ》り、目には涙が込み上げてきてしまう。こんなことで泣くとは恥ずかしい、と目を伏せた龍一の耳に淡々とした皇帝の声が響く。

「大広間に大臣と騎士団を集めよとのことだが、何か聞いているか？」

「……はい。ですが……」

食堂内には多くの使用人がいる。中に反皇帝派と通じている人間がいないとは限らない、と龍一は口ごもった。

「忠誠心がないな」

そのせいか皇帝は機嫌を損ねてしまったが、怒声を浴びせてくることもなければ罰を与えられることもなく、すっと立ち上がると食堂を出ていこうとする。龍一も慌ててあとを追ったが、咎《とが》められはしなかった。

皇帝の気持ちがわからない。自分に対して苛立っているのは感じるが、それでも傍においてくれるのはなぜなのだろう。少しは期待していいのだろうか。その期待が裏切られたときのことを思うと、やはり身が竦む思いがする。

長い回廊を歩きながら悶々《もんもん》とそんなことを考えている間に、大広間へと到着した。

「陛下にはご機嫌うるわしく」

すでに聖女クリスをはじめ、大臣たちと騎士団の主要な騎士たちは控えていた。大臣の一人が代表して皇帝に挨拶をする。皇帝は無表情のまま彼を見返し頷くと、一変して厳しい視線をクリスに向け口を開いた。

「集めたぞ。始めろ」

「ありがとうございます。陛下。それでは始めさせていただきます」

「一体何を……」

「神託がくだったそうだ。強い力を持つ聖女様だけのことはある。この間も神託がくだったと仰ってなかったか?」

場がざわついたが、皇帝が一瞥するとすぐに大広間内は静まり返った。

「その前に、最強の騎士、リュカ様」

沈黙の中、クリスの凛《りん》とした声が響き渡る。ゲームの中の聖女の声は綺麗《きれい》だったが弱々しいものだった。喘ぎ声だけはやたらとやかましかったが、普段の声とのギャップを感じたものだ。しかし今の状態であったら、延々一時間以上高い声で喘ぎ続けても、体力あるからな、と素直に納得できただろう。

いや、そうじゃなくて、と、龍一はクリスを見やった。これから自分に課されたことを思うとつい逃避してしまった、と高まる緊張感を抑えつつ、

「はい」

と返事をしクリスを改めて真っ直ぐに見据えた。

「リュカ様の本当のお気持ちをお聞かせください。今、あなたは陛下に心から忠誠を誓っておられるのですか」

相変わらずクリスの声はよく響いた。彼の発言を聞き、北の地に護衛として同行した騎士たちがごくりと唾を飲み込むのが見える。

彼らの期待している答えはわかっていた。騎士たちは最強の騎士、リュカへの皇帝の暴挙を腹に据えかねている。求められた答えは、皇帝に従ってはいるが、本心からではない、屈辱を覚えているのだというものだとわかってはいたが、それを覆すのが自分の役目だ、と龍一は一同を見渡した。

前世では人前で喋ることが苦手だった。ゼミの発表のときには声ばかりか足までがたがた震えてしまって、学生は勿論教授からまでも失笑を買ったものだった。今も足が震えそうになっているし、声もひっくり返るに違いない。それでも反皇帝派一掃のためにはやるしかない、と龍一は決意を固めた。

「わ、私の忠誠心についてですが……っ」

予想どおり、声は見事に裏返った。広間がざわつくのは、『最強の騎士』らしくない、あまりに情けない姿だったからだろう。最強の騎士をここまで腑抜《ふぬ》けにしてしまったのは皇帝だと誤解されるわけにはいかない。龍一は咳払《せきばら》いをし、己の役割を果たすべく、声を張った。

「陛下を心から尊敬し、敬愛しております。帝国の平和は陛下あってこそです。先の皇帝の治世には、あきらかに問題がありました。税金を下げ、上下水道といったインフラの整備、公共事業による失業者の救済など、陛下のおかげで帝国に平和の時代が到来したことは、この場の皆さんの共通認識ではないかと思われます」

「確かに……」

「先代は帝国民の生活になど興味はなかったからな」

皆が口々に囁き合う声が漣《さざなみ》のように広間内に広がる。

「ところでインフラってなんだ？」

「さあ」

聞こえてきたその声に、しまった、と動揺しかけたが、それどころではない、と龍一は言葉を続けた。

「聖女様の問い掛けに、どのような意味があるのか、私にはわかりません。本心を述べよとのことでしたので、嘘偽りのない気持ちを述べさせていただいています。私が忠誠を誓う相手はこの世の中でただ一人、皇帝陛下です。未来永劫《えいごう》、変わることはありません」

きっぱりと言い放ったからか、どよめきが皆の間に走る。屈辱的な扱いを受けてきたというのにと、未だ戸惑っている人が多そうだと察したため、龍一は更に己の献身を強調することにした。

「聖女様にお答えします。私は衷心《ちゅうしん》より陛下に忠誠を誓っております。帝国の平和と繁栄を目指す陛下のお役に立つべく、この身を捧げるつもりでおります」

「リュカ様、ありがとうございます。まさに神託どおりです」

聖女がにっこりと、神々しいほどに美しい笑みを浮かべ、頷いてみせる。

「陛下もまた、リュカ様を信頼しお傍においていらっしゃるとの神託を受けております。帝国の太陽には最強の騎士が相応しい。そのことになんら問題はありません」

あまりに堂々と言い放つために、それがこの場にいる皆にとっても常識であるかのような錯覚を呼び起こす。さすがだ、と感心していた龍一に微笑み頷いてみせたあと、ここからが本番とばかりにクリスが一段と声を張り上げた。

「しかし！　この帝国の平和を乱そうとしている謀反人がこの場におります。皆様をこの場に集めていただいたのはその神託を陛下に伝えるためです」

今までのひそひそ話とは違う、大きなざわめきが湧き起こった。

「なんと⁉」

「謀反人とは！」

「お静かに」

クリスが更に高い声を上げ、場を制する。

「神託で告げられた謀反人をこれから指で差します。騎士の皆様、捕縛をお願いいたします」

淡々とそう告げたクリスが、すっと腕を上げ、まずは一人の大臣を指差す。

「あなた」

「ち、違う！　私は‼」

ぎょっとした様子で叫ぶ大臣を、騎士たちはあっという間に取り囲み、広間の外へと連れ出そうとした。

「そしてあなた」

なんの感情もこもらない表情のまま、クリスが次々に指を差す。神託は嘘っぱちだと昨夜言っていたが、自信満々でこの人は謀反人だと次々指摘していく様子を目の当たりにし、本当にあっているのだろうかと龍一は心配せずにはいられなかった。

聖女に指を差される前に広間から逃げだそうとする人間も残らず捕縛された。大臣三名、役人五名、侍従も三名、聖女に謀反人と指を差されたが、侍従の一人は常に皇帝の近くに控えていた年配の男だったことが、龍一は気になっていた。その男が指差されたときだけ、皇帝が微《かす》かに動揺したように見えたためである。

場は騒然となっていたが、それを鎮めたのは皇帝だった。

「神託を疑うわけではないが、今捕らえた者たちについては、俺が直接詮議を行う」

以上だ、と告げ、皇帝が退室する。龍一もまた続いたが、皇帝は振り返ることなくそのまま扉へと向かっていった。

執務室に戻るのかと思っていた皇帝の行き先は寝所だった。一人になりたいということかもしれないと思いつつも、龍一は皇帝が何も言わないのをいいことに、彼に続いて部屋に入った。

皇帝は真っ直ぐに寝台へと向かうと、どさりと仰向《あおむ》けに横たわった。ブーツを脱がせたほうがいいだろうか。メイドを部屋に入れるべきかと迷っていた龍一の耳に、聞こえないようなトーンの皇帝の声が響く。

「キリアンまで……俺を裏切っていたのか」

「…………」

目を右手で覆っているため、表情は読めない。しかし皇帝の声は酷く震えていた。キリアンというのは確か、年配の侍従の名ではなかったか。皇帝が唯一、衝撃を受けたその侍従の顔を思い起こしていた龍一は、皇帝に声を掛けられ、はっと我に返った。

「何をしている。出ていけ」

「あ……申し訳ありません」

入室を許されたわけではなかった。命じられたのなら部屋を出るしかない。しかし、と龍一は、相変わらず目を覆ったまま仰向けに横たわる皇帝へと近づき、寝台の前で跪いた。

おそらく、キリアンという侍従は皇帝が幼いときから今に至るまで、長いこと仕えていたのではないかと思う。皇帝なりに信頼を置いていたのだろう。年月が積み重なっているだけに、裏切りはショックだったに違いない。傷ついている皇帝を一人にはしたくなかった。自分に怒りをぶつけることで、もし、少しでも気が紛れるようなら、そうしてもらいたかった。

「出ていけ」

再度告げた皇帝が、寝返りを打ち龍一に背を向ける。

「傍にいたいのです」

皇帝との間は今、ぎくしゃくしている。会話も二日ばかり交わせていない。命令に背けばその場で剣を抜かれ、斬り殺される危険は充分にあった。

しかしたとえそうなったとしても、皇帝を一人にはしたくない、と龍一は勇気を振り絞り、己の希望を告げた。

「同情は嫌いだと言っただろう」

背を向けたまま皇帝が、吐き捨てるようにそう告げる。

「同情ではありません」

今なら断言できる。同情からではないのだと、龍一はきっぱりと答えた。

「同情じゃなければなんだ。忠誠か？」

感情の読めない声で皇帝が問うてくる。期待すまいと思っている。とはいえ何に対する期待なのかは、もしや自身でもわかっていないのかもしれない。

それは自分も同じだ、と龍一は、この胸に溢れる想いをどう伝えようと一瞬考えた。が、そのまま告げるしかないと思い直し、口を開く。

「悲しみも……苦しみも、そして喜びも嬉しさも、どのような感情でも、共に分かち合いたいと、そう願わずにはいられないのです」

「なぜだ」

背を向けたままの皇帝が、ぽつりと問う。どう答えようと迷うことはなかった。自然と龍一の唇から、言葉が零れ落ちていた。

「好きだから」

「……っ」

皇帝が勢いよく起き上がり、龍一を振り返る。

「今……なんと言った？」

皇帝は今、呆然とした表情となっていた。年相応、否、十九歳と同い年の前世の自分より幼くすら見えた。

「……好きです。陛下のことが」

「……本当に？」

ごくりと皇帝が唾を飲み込んだのがわかった。疑念を抱いているための確認ではない。信じたいと心から願っているのがわかるその顔に、龍一は大きく頷いたあと、真っ直ぐに皇帝を見据え、尚一層の気持ちを込めて告白した。

「好きです、陛下」

「ネウロだ」

皇帝の返しは予想していないものだったため、一瞬、龍一は戸惑った。しかしそれが皇帝の名であることにすぐに気づき、胸が一杯になった。

「……ネウロ様」

「『様』はいらない」

ぼそ、と呟くようにしてそう言い皇帝が——ネウロが龍一に手を差し伸べてくる。

「ネウロ」

不敬ではないだろうか。案じはしたが、名を呼びたいという気持ちが畏れに勝った。ゲームのキャラクター紹介に彼の名はあった。どう考えても『暴君ネロ』からとった名だろうとわかったが、彼を名前で呼ぶ人間は、ゲームの中にはいなかった。

ゲームでのネウロは攻略対象で、相手役は聖女だったが、聖女は陵辱の対象だったため、名前を呼ぶ余裕などなかった。

唯一、彼の名を呼ぶ存在。自分がその立場に相応しいかはわからない。ただ、彼にとって唯一無二の存在ではありたい。その願いから求められるがままに名を呼び、差し伸べられた手を取る。

「リュカ」

ネウロもまた、龍一の名を呼ぶ。この世界での自分の名は『最強の騎士リュカ』だった。今更、そのことを自覚した龍一は、今かよと自身でも呆れてしまいながらも、これから『リュカ』としての人生を歩んでいこうと気持ちを固めたのだった。

8

寝台に座り抱き合っていた二人は自然にそのまま倒れ込んでいった。

「……正直、自信がない」

「え？」

上にのしかかったまま皇帝ネウロがそう告げてきたのに、意味がわからず龍一は――リュカは戸惑い、声を上げた。

「いや……どうすればお前にも快感を得てもらえるか、二夜にわたって詳しい説明を受けはしたが、個人差があると言われたからな」

「ふ、二夜？」

まさか二晩続けて寝所に現われなかった理由がそんなことだったとは。意外すぎて唖然としてしまっていたリュカに、ネウロがぼそりと呟く。

「お前もよくしてやりたいんだ」

「……嬉しいです。そのお気持ちだけでも、本当に」

おべんちゃらでも歓心を買おうとしているわけでもなく、心から嬉しいとリュカはそう思っていた。

ゲームの中の皇帝ネウロは、聖女に対してだけでなく、周囲の人間全てに対して思いやりを持つことはなかった。ネウロにとって他者は気遣うべき存在ではなく、何を考えていようが何を望んでいようが、ネウロが興味を抱くことはまったくなかった。聖女への執着しかないように感じられたというのに、今、目の前にいる彼は違う。気遣いをみせてくれるだけでも嬉しいのに、ともに快感を得たいと願ってくれている。

プレイヤーが見たら驚くのではないか。いや、違う。ここはゲームと同じ世界観かもしれないが、我々は『登場人物』ではない。それぞれが独自の意志を持つ生きている人間なのだ。

それだけに思いどおりに動かすことは不可能だし、相手が考えていることもわからない。関係を構築していくためにはそれぞれ気持ちをぶつけ合うしかない。攻略本に頼ることはできないのだ。

もともとこのゲームに攻略本はなかった。有志により作成されていたウィキには随分助けられたが、今、参考にできることは何もない。

もしできたとしても、したいとは思わなかった。そうしたものを参考にしてネウロの心を手に入れたとして、どれほどの虚しさを覚えることか、軽く想像がつくからである。

大切なのは、とリュカはネウロを見上げた。ネウロもまたリュカを見下ろす。

「好きです……ネウロ」

大切なのは自分の言葉で自分の気持ちを伝えること。自分の耳で相手の言葉を聞き、自分の頭で判断する。人間関係は決して容易に築けるものではない。しかしそれが『現実』だ。前世では勇気がなくて、恋人は勿論のこと、心を許せる親友もできなかった。生まれ変わった今こそ勇気を奮い起こすときだ。強い意志を抱いての告白は、無事に愛する人の胸へと届いたようだった。

「愛している。リュカ」

望むとおりの言葉を返してくれたネウロが、微笑みながらリュカの服を脱がし始める。指先が緊張しているのがわかるが、仕草は丁寧だった。今までのネウロからは考えられない。それだけに無理をしていないか、心配になってしまう。

「大丈夫です。ネウロ」

幸いなことにリュカの身体は丈夫だ。乱暴に扱われたとしてもダメージをそう受けるわけではない。乱暴に扱われたいということではなく、そこまで気を遣ってくれなくても、との思いから声を掛けたのだが、ネウロはそれを聞き、少し困ったように微笑んだ。

「俺がこうしたいんだ。お前をただただ甘やかしたい。いや……違うな。大切にしたい。それが俺の希望だ」

「ネウロ……」

リュカにとっては嬉しすぎる言葉だった。甘やかされたいという願望を抱いたことがなかったので、最初戸惑いはしたが、ネウロが言い直した『大切にしたい』は本心から嬉しいと感じた。同時に、自分もまたネウロのことを大切にしたいと願い、その気持ちを伝えたくなる。

「私もです。私もあなたを大切にしたい。幸せにしたいです」

「幸せになるに決まっている」

ぶっきらぼうに言い捨ててはいたが、ネウロはそれは嬉しげに笑っていた。その顔を見上げるリュカの頬も笑みで緩んでいる。

「よくなかったら、正直に教えてほしい」

またもぼそ、とネウロが呟いたあと、はだけさせた襟元に顔を埋める。

「……ん……っ」

首筋にネウロの唇が当たった直後に、ちく、という痛みを覚える。痛みといっても苦痛を伴うものではなく、身体の芯が疼《うず》くような、不思議な感覚だった。

はだけられた胸を、ネウロの掌が這い始める。乳首を擦《こす》り上げ、立たせたあと、繊細な指先で摘ままれた。

「あ……っ……ふ……っ……」

性感帯について説明してくれた、二人の男の姿と言葉がリュカの目に、耳に蘇る。確かに乳首は感じるポイントかも、と認めざるを得ないほど、リュカの息は乱れ、唇からは堪えられない声が漏れ始めてしまっていた。

今まで数え切れないほどの回数、ネウロには抱かれていたが、こうして愛撫を受けることはなかった。己の性欲をぶつけることにしか興味がない様子だった彼が、今、乳首を舐《ねぶ》りながらも、感じているかを確かめるためにちらちらと目を上げ、様子を窺っている。変われば変わるものだと感心すると同時にリュカは、自分が享受している快感をネウロにも与えたいという願望を抱くようになっていった。

そのためにはまず、とネウロの背に両腕を回し抱き寄せる。不意打ちに驚いたのか、ネウロが顔を上げ、リュカと目を合わせてきた。

「あなたも……っ」

自分ばかりが気持ちいい。それではいやなのだ。一緒に気持ちよくなってほしい、と訴えかけようとしたリュカにネウロが微笑む。

「まずはお前だ。それに俺は今、とても嬉しい。お前が感じているのがわかるから」

「……ネウロ……」

ネウロの言葉に、その言葉どおりの本当に嬉しげな表情に、リュカの胸は熱く滾る。名を呼ぶ声が嬉し涙に震えそうになるのを堪え、微笑むと、ネウロもまた微笑み、

「続けるぞ」

と再びリュカに覆い被さってきた。乳首を舐りながら勃ち上がりかけたリュカの雄を摑み、

扱《しご》き上げてくる。

「あ……っ……や……っ」

前世では自慰くらいはしたことがあるが、他人に触れられたことはなかった。ネウロには今まで常に乱暴に扱われてきたが、今の彼はまるで別人のようだった。壊れ物を扱うような慎重さを見せつつ、丁寧にリュカの雄を握り込み、扱いてくれる。親指と人差し指の腹で先端のくびれた部分を擦り上げ、残りの指で竿《さお》を刺激する。リズミカルな指の動きに、リュカの雄はあっという間に硬度を増し、先端からは透明な液が滴り始めた。その液を塗り込めるように指先で先端を弄られ、堪らない気持ちとなる。

「や……っ……あ……っ……あぁ……っ……」

息が上がり、鼓動は早鐘のように打っている。堪えようとしても唇からは高い声が漏れ、次第に意識が朦朧《もうろう》としてきてしまった。

いつの間にか胸を舐っていたネウロの唇がそのまま腹を滑り、リュカの下肢へと辿り着くと、勃起していた雄をすっぽりと口に含まれる。

「やぁ……っ」

しゃぶれ、と命じられ、ネウロの雄を咥《くわ》えさせられたことがある。リュカにとっては苦痛でしかなかった。口の中におさまりきらない大きさも、独特な臭いや苦い味も、つらくてたまらなかったと思い出す。

「だ、だめです……っ」

そんな思いをネウロにさせるわけにはいかない。その考えがリュカに冷静さを取り戻させ、慌てて身体を起こし、ネウロから逃れようとした。

「どうした」

リュカの下肢から顔を上げたネウロが、微かに眉を顰《ひそ》めつつ問うてくる。彼の顔のすぐそばに、己の勃ち上がった雄がある。なんだか申し訳ない気持ちが募り、リュカはなんとか上体を起こすと、同じく身体を起こしたネウロに頭を下げた。

「申し訳ありません……おつらくはないですか……？」

「つらい？　何がだ？」

ネウロに不思議そうに問われ、リュカは混乱した。フェラチオがつらくない？　そんなはずはない。無理をしているのだろうか。戸惑うリュカの前で、ネウロが心配そうな顔になる。

「よくないか？　お前に快感を与えられていると思っていたが、勘違いだったということか？」

「い、いえ！　気持ちよかったです……あっ」

ネウロの落胆ぶりを目の当たりにし、リュカは思わずそう口走ったあとに、自分があまりに恥ずかしい発言をしていることに気づき、言葉を呑《の》み込んだ。

「なら問題ないではないか」

ネウロが嬉しげな顔となり、再びリュカの雄を口に含もうとする。

「き、汚いです……っ」

「何が」

「だからその……申し訳なくて」

ネウロの様子につらさは見えない。無理をしているようではないが、それでも皇帝に咥えてもらうなんて畏れ多いし、勿体《もったい》ないと感じてしまう。

「俺はお前に快感を与えたい。それにお前のものをしゃぶるのは楽しい。なんの問題もないはずだ」

俯いたリュカにそう告げたかと思うと、ネウロは彼の雄を咥え、フェラチオを再開した。

「あ……っ」

ネウロは無理をしているようには見えなかったし、そもそも犠牲的精神を発揮するようなタイプではない。感覚には個人差があるように、彼にとってはフェラチオは苦痛とは無縁の行為と思うことにしよう。普段であればそうも容易《たやす》く踏ん切りをつけられるような性格ではないのだが、巧みなネウロの愛戯がリュカの抵抗する気力を封じ、再び寝台に仰向けに倒れ込む。ちらと見下ろした先、自分を見上げていたリュカに、それでいいというように、雄を咥えられたまま微笑まれ、とてつもない羞恥に襲われる。

「や……っ……あぁ……っ……あっ……」

羞恥は快感のほどよいスパイスとなり、リュカの身体を内側から熱した。もともと性的な経験のないリュカにとって、刺激が強すぎる行為だったこともあり、その後すぐに彼は達し、白濁した液をネウロの口内にぶちまけてしまった。

「も、申し訳……っ」

リュカは何度もネウロの精液を飲まされたことがあった。嘔吐《おうと》を催すほど不味《まず》かったが、吐き出すことは許されず無理矢理飲み下した。同じ目に遭わせるわけにはいかないと、慌てて詫びようとしたリュカの耳に、ごくりと喉を鳴らす音が響く。

「の、飲まれたのですか……っ」

自分は間違っても強要などしていない。なのに飲んだのかと啞然としていたリュカに向かい、ネウロがニッと笑い掛けてくる。

「美味だった」

「嘘です。あんなに……」

つらかったのに、と言い掛けたが、実体験としてのつらさの主張は、ネウロを責めるのと同義であると気づいて口ごもった。

「嘘ではない。お前のものだからな」

ネウロもそれを察したのか、それとも本心から『美味』と言っているのか、笑顔でそう告げるとまたもリュカの下肢に顔を埋める。

「わっ」

萎えた雄がネウロの口内であっという間に勃起する。前世とは比べものにならないほどに鍛え上げられた身体は、こっちの回復も早いのかと半ば呆れ、半ば感心していたリュカだったが、ネウロの手が後ろへと滑り、そこを弄ってきたことに気づき、一気に緊張が高まった。

そこには今まで何度も、乱暴に突っ込まれてきた。身体が苦痛を覚えているのだろうが、そんな反応をみせればネウロは気にするに違いない。彼には詫びてほしくないし、それ以前に罪悪感も抱いてほしくない。その思いからリュカは強張りかけた心と身体を必死でリラックスさせようとした。

「………………」

雄を咥えたまま、ネウロがちらとリュカを見上げる。何か言おうとしているのがわかり、リュカは慌てて、自分が先に告げようと口を開いた。

「僕は大丈夫です。本当です……っ」

本当に安堵させようとしたのだが、結果はますますネウロの心配を煽ってしまったらしく、身体を起こした彼が思い詰めた顔で口を開く。

「無理をしなくていい。つらい思いはさせたくないから」

「無理じゃないです。全然！」

これも嘘ではない。が、表情のせいか声音のせいか、ネウロは言葉どおりにはとってくれなかった。

「今夜はこのまま寝よう」

そう告げたかと思うとリュカの隣に横たわり、背中を抱き寄せてくる。

「……あ……」

ネウロの雄はすっかり勃ち上がっていた。熱く硬いそれを腰の辺りに感じるリュカの胸に、堪らない気持ちが込み上げる。

「本当に……大丈夫です」

自分ばかりよくしてもらったという気持ちもあった。が、ネウロの雄に触れたときに芽生えたのは、ほしい、という、今まで抱いたことのない願望だった。

願望というより渇望に近い。性的欲求はもちろん、気持ちからくるもののほうが大きいように思えた。自然とリュカの手はネウロの雄に伸び、指先が竿に触れる。

「………」

予想外だったからだろう、ネウロがびく、と身体を震わせ、腕の中のリュカを見下ろしてきた。

「……抱いて、ください」

言うのは恥ずかしかった。しかし言わねばそれが本心とは伝わらないだろう。心の底から欲していることがどうか正しく伝わりますようにと祈りつつ、リュカは勇気を振り絞った。

「いいのか？」

ネウロの声が上擦っている。彼もまた抱きたいという願望を抱いてくれていると思ってもいいだろうか。目を見上げ、頷くとネウロは一瞬、泣きそうな顔になったように見えた。

「絶対に傷つけない。約束する」

少し掠《かす》れたその声には、ネウロの強い決意が籠もっていた。前世はともかく、今の頑丈な身体であれば多少、無茶をされても大丈夫、今までが大丈夫だったようにと伝えたかったが、無駄な罪悪感を抱かせるのは気の毒かと気づき、リュカは頷くに留めたのだった。

「後ろからのほうが苦痛はないかもしれないという話だった」

二日間の成果を見せようというのか、ネウロはそう言うとリュカを四つん這いにさせ、背中から覆い被さるようにしつつ、手を前と後ろに伸ばしてきた。

「……あ……っ」

未だ熱の冷めないリュカの雄を握り込み、手淫を始めながら、後孔を指で押し広げられる。ゆっくりと、そしてやさしく指を一本、挿入したあとにはその指が中を確かめるように蠢《うごめ》き、そこを解《ほぐ》していく。

雄への刺激は即、快感に繋がったが、後ろの感覚はリュカにとってはよくわからないものだった。苦痛はない。今までは有無を言わさずその孔《あな》に突っ込まれていたので、そこが裂けたり無理矢理狭道をこじ開けられたりする痛みしかなかったというのに、と、手淫による快感から身を捩らせていたが、いつの間にか本数が増えていた指がある部位に触れたとき、ふわ、と身体が浮くような、ますます不思議な感覚に陥った。

「？」

「ここか」

勃起した雄の先端から、ぴゅっと透明な液が迸《ほとばし》る。気づいたネウロが独り言のように呟いたあと、背後からリュカの顔を覗き込み問い掛けてきた。

「どうだ？　気持ちがいいか？」

同じ箇所を弄りつつ、耳元でそう囁く。期待感のこもった声に耳朶《じだ》を擽《くすぐ》られ、ぞわ、とした刺激が腰から這い上ってくる。その刺激が背後への未体験の感覚と相俟《あいま》って、なんとも説明し難い状況へとリュカを誘《いざな》っていく。

「あ……っ……はぁ……っ……あっあっあっ」

前を、後ろを間断なく攻められ、気づいたときにはリュカは高く喘ぎ、腰を淫らに捩っていた。この気持ち。この感覚。適した表現はすぐ目の前にあるのに思考がまったく働かない。

「そんなに腰を振って……気持ちがいいんだな」

耳元で囁かれるネウロの声も弾んでいる。指摘され、初めて自分が後ろを弄る彼の指を更に奥へと誘うべく尻を突き出していたことに気づき、羞恥からリュカは一瞬、素に戻りそうになった。

そのせいで霧散していた思考力が一気に戻り、『答え』を見つける。

もどかしい——そう。『もどかしい』だ。ほしいものを得たくてたまらない、その気持ちだと気づいたリュカは肩越しにネウロの視線を求め、振り返った。望みどおり、ネウロがリュカの目を見つめてくれる。

「ほしいです……っ……あなたが……っ」

「……っ」

やはり羞恥は伴った。が、願望を伝えることに躊躇いはなかった。求めていることを伝えたい。きっと相手にとっても望ましい願望に違いないから。確信を抱いてはいたが、正解か否かは相手が語るのを待つしかない。その時間は即座に訪れた。

「……優しくするから」

感極まったような顔になったネウロは、抑えた声音でそう言うと、リュカの前後から手を引き、己の雄を手にした。そのまま挿入を試みようとする彼にリュカは、またも勇気を振り絞り願望を伝える。

「顔が見たいです。なので……」

自ら仰向けに横たわり、両手両脚を大きく広げてみせると、ネウロは呆然としつつも、ごくりと唾を飲み込んだ。彼の赤い瞳が煌めき、頬が紅潮しているのがわかる。歓喜の表情だとわかるだけに嬉しい、とリュカは微笑み、頷いた。ネウロもまた頷いたあと、リュカの両脚をそっと抱え上げ、既に勃ちきり、先走りの液を滴らせている逞《たくま》しい雄の先端をそこへと押し当ててくる。

「つらかったら言ってくれ。感じるのは快感だけでいい」

そう告げたあとに、雄の先端をめり込ませてくる。丁寧に解されたそこは、少しの苦痛もなくネウロの雄を迎え入れた。それでも常人とは比べものにならない質量ゆえ、容易に奥深くまでは入っていかず、抵抗を大事ととったネウロは腰を引こうとした。

「大丈夫です……っ」

ひくつきを鎮めてくれる存在を失うことに耐えられず、リュカは思わず両脚をネウロの腰に回し、己のほうへとぐっと引き寄せてしまった。直後に、あまりに物欲しげかと恥ずかしくなり、頬に血を上らせ、横を向いて視線を逸らせようとする。

可愛い——聞き違いでなければ、今、ネウロの唇からその言葉が呟かれていた。凛々しく美しい最強の騎士には少々相応しくない表現のはずだが、ネウロはリュカが可愛くて仕方がない様子だった。求めてくれているのであればと考えたのか、尚一層の注意を払ってくれながら彼は、背に回る両脚を解《ほど》かせ、改めて抱え上げると、ゆっくりと腰を進めてきた。

「ん……っ……ふ……っ……」

リュカの口から、堪えきれない声が漏れる。太い楔《くさび》を打ち込まれるような感覚は、苦痛ではなかったが快感かといわれると、違和感があった。とはいえ、自分の中にあるのがネウロの雄だと思うと嬉しく、幸せな気持ちに満たされた。ネウロがすべて雄を収めきり、二人の下肢がぴたりと重なったときには、自然と微笑んでしまっていた。

「……入った」

「……はい。嬉しいです」

その気持ちも伝えたい。頷き告げたとき、胸に熱いものが込み上げてきた。

前世では恋を知らないまま死ぬことになった。時を戻す女神のおかげで新たな人生を生きることになったが、自らは何もできず、流されるままに過ごしてしまっていた。ゲームどおりの展開になると、傍観者の気持ちでいたが、ようやく、自分も、そして相手も独自の人生を歩んでいるのだと自覚することができた。

そうして見つけたのだ。恋を。愛する人を。熱い思いはどんどん胸の中に広がり、目には涙も込み上げてきてしまう。愛しい思いを語りたいのに、言葉にできない、と見つめる先では、ネウロもまた嬉しげに微笑んでいた。

「……少し、動いてもいいか?」

おずおずと申し出てきた彼の言葉の意味は、リュカにはよくわからなかった。

「そのほうがお前も……そして俺も、気持ちがいいはずだから」

「勿論です……っ」

自分はともかく、ネウロは気持ちよくなってほしい。コクコクと何度も頷き、同意を伝えると、ネウロは少し心配そうにしながらも頷き、またもリュカの両脚を抱え直した。

「少しでもつらくなったら言ってくれ」

そう告げたあとに、ゆっくりと突き上げを始める。雄が抜き差しされるたび生まれる内壁との摩擦で中が焼けるように熱くなるのにそう時間はかからなかった。

ネウロは最初のうちはリュカを気遣い、動きをセーブしていた。だがリュカが感じ始めているのがわかると、室内に響く喘ぎ声が彼の箍《たが》を外したのか、激しく、そして力強くリュカを突き上げるようになった。

「あ……っ……はぁ……っ……あっあっあっ」

熱は全身へと広がり、脳まで沸騰しそうな錯覚を覚える。汗は吹き出し、鼓動は早鐘のようで、息がすっかり上がったせいで呼吸すら困難になってきた。意識は朦朧としてしまっている。

苦しくはあるがつらくはない。ただただ幸せだと、リュカはネウロに向かい両手を伸ばした。

「……っ」

ネウロが我に返った様子となったあと、すぐバツの悪そうな顔になる。しかし表情の変化を読み取る余裕はリュカにあるはずがなかった。

「すまぬ」

ぼそりと謝罪の言葉を呟いたネウロが、リュカの片脚を離し、二人の間で爆発しそうになっていた雄を掴んで一気に扱き上げる。

「アーッ」

直接的な刺激に耐えられるはずもなくリュカは達すると、白濁した液をこれでもかというほどネウロの手の中に注いでいた。

「くっ」

射精を受け、激しく収縮するそこに締め上げられたせいでネウロも達し、リュカの中にこれでもかというほど彼の精を注ぎ込む。

「……あぁ……っ」

ずしりとした重さを感じ、リュカは無意識のうちに微笑んでいた。今までも何度も、ネウロに抱かれたことはあるし、中に出されるのもいつものことだった。彼が自分の中で果てたことがこうも嬉しく感じるようになるなんて。自分でも信じられないと思いつつ、いつしか閉じていた瞼《まぶた》を開け、ネウロを見上げる。

「……大丈夫か?」

ネウロはリュカを案じてくれているようだった。心配そうに問い掛けてきた彼に、リュカは満面の笑みで答え、抱き締めたい、と尚も両手をネウロに伸ばす。ネウロはすぐにリュカの望みを察してくれ、覆い被さってきたかと思うと、未だ荒いリュカの呼吸を妨げぬよう、額に、頬に、ときに唇に細かいキスを数え切れないほど落とし、愛しい気持ちを伝えようとしてくれたのだった。


リュカはその後、皇帝の護衛騎士として仕えることとなった。北の地の浄化に成功した聖女はもといた教会へと戻るのだが、ゲームには神官たちからの輪姦ルートがあるため、心配になったリュカはネウロの許可を得た上で教会までの護衛を聖女に申し出た。

「いらねえよ。神官は既に掌握ずみだ」

しかし中身がヤクザの若頭である聖女、クリスには心配の必要がなかった。

「は？　いつの間に？」

「北の地からここに戻ってくるまでの間に、抵抗勢力になりそうな奴らは全部、排斥してきたんだよ。天下取るつもりだったからな」

「な、なるほど……」

帰任までにやたらと時間がかかったのはそのためか、と改めて納得していたリュカにクリスは、

「何か困ったことがあれば言ってこい」

とおおらかに笑ってみせた。

「穢れを祓うのは勿論、身に危険が迫ったときには俺が必ず助けてやる。何せお前は俺のせいで死んだんだしな」

「ありがとうございます。でも僕も一応ココでは『最強の騎士』なので、自分の身くらいは自分で守りたいです。それに陛下の身の安全も」

リュカとしては真面目に答えたつもりだったが、そんな彼をクリスは揶揄って寄越した。

「護衛騎士だからってよりは、愛する人を守りたいって理由だろ？　ま、あの皇帝じゃ、逆にお前を守りそうだが。はは、若いっていいよな」

「そんな……っ！　でも確かに、陛下はお強いですけど……」

「強いのは剣か？　それとも夜の営みか？」

「聖女様がセクハラオヤジみたいなこと、言わないでください……っ」

「仕方ねえだろ、中身はオヤジなんだから」

苦笑したクリスが、リュカの肩をぽんと叩く。

「せっかく新しい人生を歩むことになったんだ。せいぜい楽しむんだぞ」

「ありがとうございます……！」

未だにクリスはリュカに対し、前世で死ぬのに巻き添えをくわせてしまったことを申し訳なく思ってくれているらしく、何かと気に掛けてくれている。ありがたいと思いつつも、罪悪感を持つ必要はないのだと、それを伝えたくてリュカはクリスを真っ直ぐに見据え口を開いた。

「前世では、自分の人生は本当についていないと、常々思っていたんです」

「ヤクザの抗争に巻き込まれて死ぬくらいだもんな」

申し訳ない、と頭を下げようとするクリスを「違うんです」と慌てて制する。

「勿論、ついていなかったのは確かなんですが、運がないんだと諦めるんじゃなくて、あがいてみればよかったんじゃないかと、今になって思うんです。だから、今度の人生は決して諦めることなく、幸せを求めて自分から世の中に働きかけていくつもりです。あ、愛する人もできましたし……っ」

前世には物理的に戻れないだろうが、もし戻れるとしても、自分は今世を選ぶ。そして幸せを求めて努力していく。だからもう、気にしてくれなくて大丈夫だ。リュカの気持ちは正しく、クリスには伝わったようだった。

「そうはいっても、縁は縁だからな。何かあったら言ってくれ。俺のほうでも、ゲームよろしく陵辱されそうになったら助けを呼ぶわ」

ニッと笑ってそう言い、肩を叩いてくる彼に、

「絶対、そんなことはあり得ないって、思ってますよね」

とリュカもまた笑い掛ける。

「いい人生を送ろうぜ。お互いにな」

差し出してきたクリスの右手を、リュカはしっかりと握り締める。度胸も度量もクリスには及ばないかもしれないが、自身の手で運命を切り開き、幸福を掴んでみせると心に誓うリュカに笑って頷きながらクリスもまた、より一層強い力でその手を握り返してくれたのだった。

エピローグ

「なんか……思ってたのと違う」

ぼそ、と運命の女神フォルタナの呟く声が天界に響く。

予行演習として、もともと馴染みのある世界に転生させた若者のパートナーは、気弱な彼を守るために共に送ってやった、彼が死ぬ原因ともなったならず者のはずだった。

聖女の『中』にならず者を入れたのは、逆にすれば、聖女はゲーム同様、陵辱の限りを尽くされるとわかっていたためだった。『最強』という力を与えてやれば、正義の心も持っているようだし、聖女の危機を救うべく立ち上がるだろう。自信をつけた若者は、自分がいなければ常に危険に晒《さら》される聖女を守り、聖女はそんな若者を頼りにする。転生という運命を共にしていることもあるから、きっとこの二人の間に愛が生まれ、さまざまな困難に立ち向かっていく間にその愛を育て、世界に平和が訪れる頃には幸せなカップルになっているに違いない――それが女神が立てた計画だったが、最初から頓挫してしまった。

まず、聖女は弱くなかった。そして最強の騎士はあまりに気が弱すぎた。ならず者のほうはともかく、若者にとってはつらい人生を与えてしまったのではと案じていたところ、思わぬ展開となったのだった。

気弱というだけではなく、底抜けに優しい男だったからだろう。でなければ暴君を手懐《てなず》けることなどできようはずがない。

何が幸せか、本人以外が判断すべきではないということかもしれない。幸せそうな様子の若者と、彼が愛するかつての『暴君』を空の上から眺める女神の唇から溜め息が漏れる。

今回はあまりに予想外すぎたのでサンプルにはならない。百年後にまた試すことにしよう。天界では百年など瞬《まばた》きする間に過ぎる。少し待っていてほしいと、乙女の魂に話し掛ける。女神の腕の中で魂は実に幸福そうにしているのだが、そのことに女神が気づくのにはもう暫《しばら》くの時を要するのだった。

あとがき

はじめまして&こんにちは。愁堂れなです。このたびは九十九冊目！　のルチル文庫『穢された聖域　最強の騎士に転生したはずが暴君に陵辱されています』（タイトル長いですね・笑）をお手に取ってくださり、誠にありがとうございました。

私は龍一と同じく（ゲームまでは手を出していませんが）異世界転生ものが大好きで、このところ様々な漫画を読み漁っていたのですが、自分で書くのも本当に楽しかったです。この楽しさが皆様にも伝わっていることを祈りつつ、そして皆様にも少しでも楽しんでいただけましたら、これほど嬉しいことはありません。

イラストをご担当くださいましたサマミヤアカザ先生、このたびも本当にありがとうございました！　キャララフをいただいたときにはもうもう！　皇帝もリュカも素敵すぎて、大興奮の嵐でした。皇帝の瞳に射貫かれる素晴らしい表紙には、文字どおり狂喜乱舞しておりました。本当にたくさんの幸せをありがとうございました！

また今回も大変お世話になりました担当様をはじめ、本書発行に携わってくださいましたすべての皆様に、この場をお借り致しまして心より御礼申し上げます。

私事で恐縮ですが、今年十月でデビュー二十周年を迎えることができました。二十周年記念、そしてもうすぐルチル文庫様より百冊目の文庫を出していただくという記念に、ルチル本誌で特集も組んでいただきました。私もショートを書き下ろしたり質問に答えたりしていますが、何よりイラストの先生がご寄稿くださいました漫画やイラストが素晴らしいので、是非、ご覧くださいね。

一レーベルから百冊も本を出していただけるなんて、本当に幸せなことだと改めて感謝の気持ちでいっぱいです。これもいつも応援してくださる皆様と、そしてルチル文庫様のおかげです。本当にありがとうございます。

次はいよいよ百冊目。百冊目は皆様からご感想をいただくことが多い『たくらみシリーズ』となりました。今頑張って書いていますのでどうぞお楽しみに！

これからも少しでも皆様に楽しんでいただける作品を目指し精進して参ります。不束者ではありますがどうぞよろしくお願い申し上げます。

また皆様にお目にかかれますことを、切にお祈りしています。

令和四年十一月吉日

愁堂れな

（公式サイト『シャインズ』http://www.r-shuhdoh.com/）

✦初出　穢された聖域 最強の騎士に転生したはずが暴君に陵辱されています…………書き下ろし

愁堂れな先生、サマミヤアカザ先生へのお便り、本作品に関するご意見、ご感想などは
〒151-0051 東京都渋谷区千駄ヶ谷 4-9-7
幻冬舎コミックス　ルチル文庫「穢された聖域」係まで。

幻冬舎ルチル文庫

穢された聖域 最強の騎士に転生したはずが暴君に陵辱されています

2022年12月20日　第1刷発行

✦著者　愁堂れな　しゅうどう れな

✦発行人　石原正康

✦発行元　株式会社 幻冬舎コミックス
〒151-0051 東京都渋谷区千駄ヶ谷 4-9-7
電話 03(5411)6431［編集］

✦発売元　株式会社 幻冬舎
〒151-0051 東京都渋谷区千駄ヶ谷 4-9-7
電話 03(5411)6222［営業］
振替 00120-8-767643

✦印刷・製本所　中央精版印刷株式会社

✦検印廃止

ISBN978-4-344-85160-3　C0193　Printed in Japan

「幻冬舎ルチル文庫」
大好評発売中

発行●幻冬舎コミックス　発売●幻冬舎